KB115270

불사의 테스터

불사의 테스터 2

기로 퓨전 판타지 소설

초판 1쇄 찍은 날 § 2016년 12월 28일
초판 1쇄 펴낸 날 § 2017년 1월 4일

지은이 § 기로
펴낸이 § 서경석

편집책임 § 배경근

펴낸곳 § 도서출판 청어람
등록번호 § 제387-1999-000006호
등록일자 § 1999. 5. 31
어람번호 § 제1-2592호

주소 § 경기도 부천시 부일로 483번길 40 서경B/D 3F (우) 14640
전화 § 032-656-4452 팩스 § 032-656-4453
http://www.chungeoram.com
E-mail § chungeorambook@daum.net

ⓒ 기로, 2016

ISBN 979-11-04-91110-1 04810
ISBN 979-11-04-91108-8 (세트)

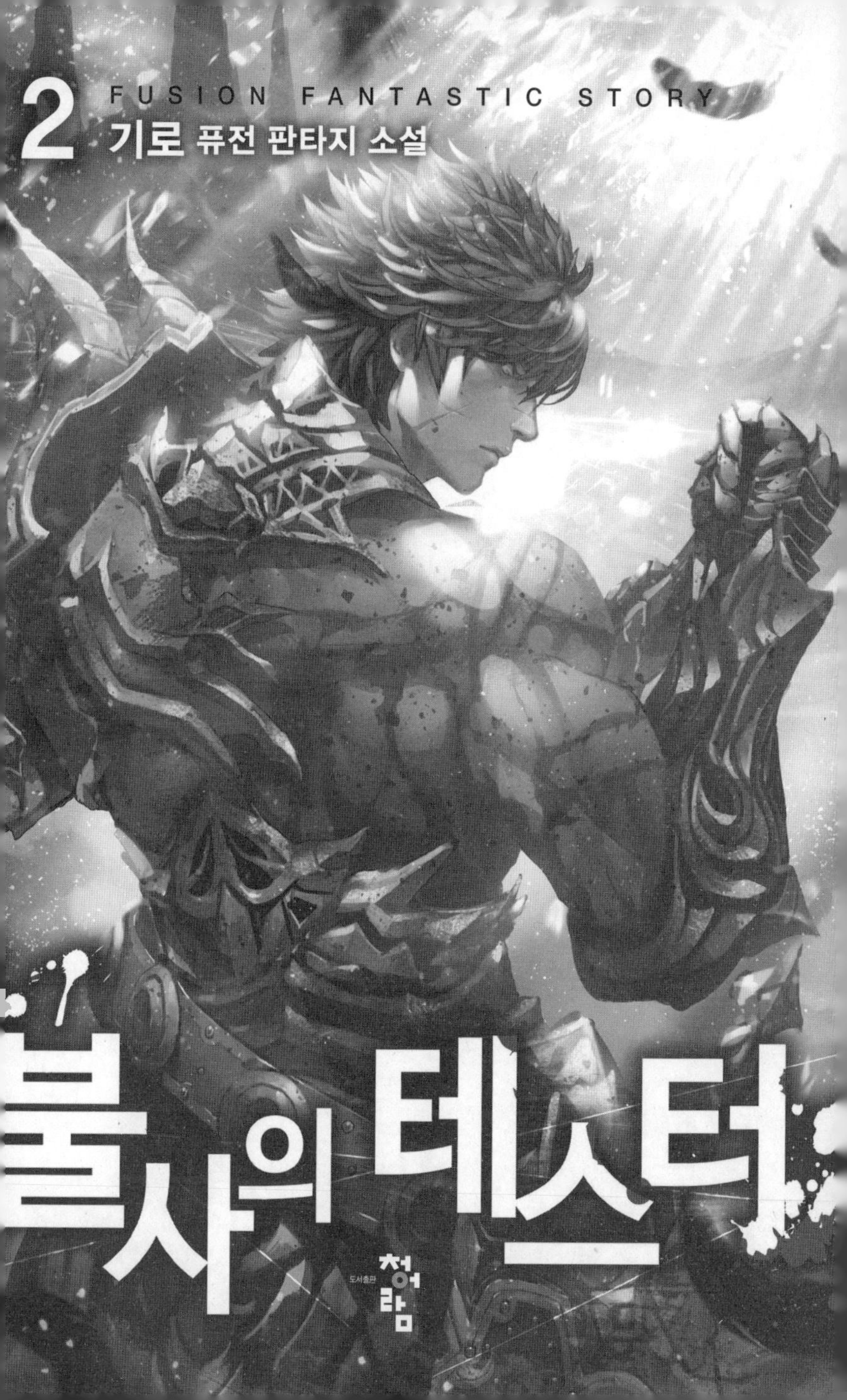
2
FUSION FANTASTIC STORY
기로 퓨전 판타지 소설
불사의 테스터
도서출판
청어람

불사의 테스터

CONTENTS

제1장
필드의 개척자

"많기도 많군."

치호는 떠올라 있던 메시지들을 하나씩 읽어 내렸다. 역시 퀘스트라는 것은 힘든 만큼 보상은 확실히 주는 것 같았다.

'음… 정리하면 전설 등급 장비 한 개, 칭호가 두 개, 미지정 포인트와 골드 그리고 아이템 하나하고… 히든 스킬?'

치호는 메시지들을 읽어 내려 가다가 히든 스킬이란 부분에 눈이 모아졌다.

지금 가지고 있는 스킬 하나로도 전투력 상승이 꽤 쏠쏠한데, 여기에다 또 다른 스킬까지 얻었다고 하니 다른 항목보다 기대가 됐다.

"인벤토리."

인벤토리를 열어보자 지난번 스킬을 얻었을 때의 청명한 푸른 구슬과 달리 먹빛의 탁한 구슬이 눈에 들어왔다.

'불안하게 색깔이……'

치호는 스킬 구슬의 색이 검은색에 가깝고 탁해 보여 꺼림 칙했지만 스킬은 많으면 많을수록 좋은 것 같으니 일단 확인 해 보기로 했다.

〈히든 스킬은 스킬명을 제공하지 않습니다. 미확인된 스킬을 습득하시겠습니까? 한번 익힌 스킬은 되돌릴 수 없습니다. 신중 하게 생각하세요.〉

"습득."

히든 스킬이라는 이름답게 스킬명도 감추어져 있었다.

치호는 메시지의 쓸데없는 유머 감각에 피식 웃고서 망설임 없이 습득을 외쳤다.

〈셀렌의 안목 ─ 발동형〉

─ 내용: 도시 티벨론의 대현자 셀렌은 학식과 경험을 통해 상대

의 기량과 특성을 파악할 수 있었다. 하지만 그 안목으로 영웅이라 지목했던 이가 대의라는 이름으로 셀렌 주변의 모든 이들의 목을 쳤다. 마지막으로 사랑하는 아내와 딸의 목까지 떨어졌을 때 셀렌은 자신의 안목을 저주하며 눈을 뽑고 자결했다. 대현자 셀렌의 통한과 원념이 닿아 등록된 스킬.

— 효과: 대상보다 기량이 높은 경우 특성과 스킬 간파
— 소모 자원: 마력 10
— 숙련도: (0/10)

⟨히든 등급은 스킬명을 외치지 않고 속으로 외쳐도 발동 가능합니다. 참고하세요.⟩

'쓸 만해 보이는데? 다른 것보다 특성 파악이라… 쥬드 같은 놈들을 방지할 수도 있을지도……'

치호는 설명에 나온 내용을 생각하면서 마음속으로 스킬을 외쳐도 발동된다는 점이 마음에 들었다.

아무래도 지금까지 스킬을 외치고 기술을 쓴다는 것이 마음에 걸렸기 때문이다.

아직은 주로 괴물들과의 전투가 주를 이루었기 때문에 큰 문제가 되지 않지만 추후에 사람끼리 싸운다면 이건 또 문제

를 일으킬 수 있는 여지가 있기 때문이다.

사실 안목이라는 측면에 있어서 치호 또한 못지않은 실력을 가지고 있지만 이곳은 스킬과 특성이라는 것 자체가 생소해서 치호의 안목이 통하지 않는 경우가 종종 있었는데 그 부분을 해결해 줄 만한 스킬인 것 같았다.

치호는 스킬에 대해서 잠시 생각하다가 인벤토리에 들어와 있는 다른 아이템을 살폈다.

〈광기의 야차 귀면갑 ─ 전설 등급〉

─ 방어력: 412

─ 필드의 지배자에게 사랑하는 이를 잃은 전설의 장인 벨리안이 분노의 마음을 담아 자신의 복수를 해줄 이를 위해 제작한 갑주로 그의 광기가 갑주에 서려 있다.

─ 특수 효과: 지구력 +182, 저항력 +15%,

─ 보조 효과: 피격 시 입은 피해의 20%를 반사하여 상대에게 피해를 입히고 착용자가 죽음에 이르는 피해가 누적되면 높은 확률로 [야차가 발동됩니다. 야차가 발동되면 착용자는 고통을 잊고 오로지 적을 격살하는 전장의 지배자가 됩니다.

─ 내구도: 100/100

〈필드의 정수(미확인) ― 1개〉
― 효과: 미확인
― 내용: 미확인

획득한 나머지 아이템을 살피는 치호의 얼굴 표정이 미묘하게 변했다. 아이템이 썩 마음에 드는 눈치는 아니었다.

'특수 효과는 매직 등급 아이템과 비교할 바가 아니지만…… 야차? 이건 좀 애매한데……. 그리고 필드의 정수? 미확인이라…….'

치호는 현재 입고 있는 〈황야의 장인 찰갑〉이 키테그람과의 전투에서 일부 손상되어 있었으나, 갑옷류가 나온 것이 좋은 것에 비해 거기에 붙은 효과가 썩 마음에 들지 않았다.

전투 중에 고통을 잊게 해준다는 것은 반대로 전투 감각이 무뎌진다는 것이라 오히려 위험에 빠질 수도 있기 때문이다.

일장일단이 있는 양날의 검과 같은 효과이기에 썩 기쁘지만은 않았다.

거기에 필드의 정수라는 아이템은 효과나 쓰임새가 미확인이라고 표기되어 가치를 판단할 수 없어 획득 아이템이 좋은 것이라고 기뻐하기에는 뭔가 좀 애매한 구석이 있었다.

'뭐 언젠가 알게 되겠지. 일단 옷부터 갈아입고…….'

치호는 새로 획득한 갑옷으로 바꿔 입으며 획득한 칭호를 확인했다.

〈칭호 - 종의 운명 결정자〉

― 타 종에 대해 수호를 하기도 하고 또한 말살시키기도 한 자로서 해당자의 결정으로 종의 운명을 결정할 수 있는 자.

― 특수 효과: 마력 +32, 저항력 +10%

〈칭호 - 자이언트 킬링 - 믿을 수 없는 업적〉

― 자신보다 격이 높고 강대한 필드의 지배자급 존재를 처치했습니다. 그 놀라운 업적을 이룬 자에게 부여되는 영광의 칭호.

― 특수 효과: 모든 스테이터스 포인트 +10%

― 믿을 수 없는 업적은 자신보다 높은 격의 강대한 존재를 처치한 횟수에 따라 상승량이 누적 증가합니다.

장비를 다시 갖추어 입은 치호는 마지막 〈자이언트 킬링〉이라는 업적을 보고 얼굴을 굳혔다.

'횟수? 누적 증가? 이런 놈들이 필드마다 있다는 뜻인가……'

치호는 칭호의 효과가 마음에 들었지만 칭호에 나온 설명은 무시할 것이 되지 못했기에 자못 심각한 표정을 지었다.

그때 메이가 치호를 부르며 말했다.

"치호 아저씨. 무슨 보상 확인하면서 표정이 그래요? 보상이 마음에 안 들어요?"

"아니, 마음에 들긴 하는데……."

"그럼 기뻐하면 되죠! 헤헤. 좋은 아이템 얻었을 땐 저처럼 웃으면 돼요. 복잡할 게 없다니까요?"

그러면서 메이는 새로 얻은 장비를 보며 맑은 미소를 지었다.

단순한 메이의 모습에 치호는 맥이 탁 풀리는 듯한 느낌이 들었다.

막상 닥치지도 않은 것을 가지고 혼자 걱정하고 있는 모습이 바보처럼 느껴지게 하는 해맑은 미소였다.

그런 메이의 손에 못 보던 장갑이 끼워져 있는 것을 보면 그것이 새로 얻은 장비 같았으나 효과에 대해 물어보진 않았다.

메이 또한 치호가 갑옷을 입는 것을 봤으니 궁금할 법도 하건만 그 효과에 대해 묻는 짓은 하지 않았다.

"음… 그럼 이제 어떡하죠? 지금 통로를 열어볼까요? 아니면 쉬었다가 날이 밝으면 갈까요."

"그런데 여긴 어디야? 키테그랍과 싸운 곳은 아닌 것 같은데……."

"아. 거긴 피켈라니온이 나올까 봐 불안해서요. 좀 떨어진 곳이에요. 제가 아저씨 여기까지 업고 온 거 잊으면 안 돼요. 알겠죠? 얼마나 힘들었다구요."

"하하. 고맙다. 일단 오늘은 밤이 늦었으니 쉬고 내일 날이 밝으면 그곳으로 가자. 그곳에서 확인해야 할 것도 있고."

"확인할 것이요? 그 벌판에 확인할 게 뭐가 있다고… 불안한데."

"아이템도 새로 얻었는데 불안할 게 뭐가 있어. 아무튼 좀 쉬자. 너도 힘들었을 테니까."

"알겠어요. 드디어 내일이네요. 제가 이 필드를 벗어나는 날이……. 아저씨, 정말 고마워요. 포션도 그렇고 저 혼자였다면… 정말 불가능했을 거예요."

메이는 치호가 자신에게 포션을 쓴 것을 마음에 담아두고 있는 것 같았다.

가격이 가격인 만큼 회복 포션을 그렇게 타인에게 쓰는 일은 드물었을 테니까.

거기에 필드를 벗어난다고 생각하자 감정이 벅차오르는 것 같았다.

치호와 메이는 이후에도 잠시 이야기를 나누다가 깊은 수마에 빠져들었다.

내색을 하지 않아서 그렇지 둘 다 오늘은 너무 힘든 날이었으니까.

*   *   *

하룻밤 사이에 지친 몸이 모두 풀릴 리는 없지만 오늘 첫 번째 필드를 벗어난다는 마음에 한결 가벼운 느낌을 받았다.

치호와 메이는 날이 밝자마자 서둘러 움직이기 시작했다. 장비를 점검하고 길을 키테그람의 사체가 있는 곳으로 떠날 준비를 하던 중 문득 치호의 발끝이 욱신거림을 느꼈다.

'뭐지?'

신경을 거슬리는 욱신거림에 얼른 신발을 벗고 보니 예전에 키테그람의 새끼를 처치하고 얻은 〈에틸라반의 우울〉이 끼워져 있는 발가락이었다.

난데없는 자극에 의문을 표하며 반지를 빼 보려는 찰나 치호의 눈에 새로운 메시지가 떠올랐다.

〈에틸라반의 한이 풀렸습니다. 키테그람의 발구름 한 번에 죽은 에틸라반의 한을 풀어준 당신에게 아이템의 특수 효과 및 보조 효과가 영구히 귀속됩니다. 해당 아이템은 효과 귀속 시 파괴됩니다.〉

메시지를 다 읽자 반지는 치호의 손끝에서 가루가 되어 먼지처럼 흩날렸다. 그리고 동시 떠오르는 또 다른 메시지.

[새로운 칭호를 획득하였습니다.]

〈칭호 — 마지막 비원을 이룬 자〉
— 전설에 얽힌 주인공의 이야기를 그저 이야기로만 치부하지 않고 그들의 감정에 이입해 그 마지막 비원을 이루어낸 자.
— 미지정 포인트 +5
— 비원을 풀어낼 때마다 미지정 포인트를 5씩 획득합니다.

'호오. 이런 게 있었나?'

치호는 예상하지 못했던 전설 등급 아이템의 또 다른 모습에 재미있다는 듯 메시지를 단숨에 읽어 내렸다.

전설에 얽힌 녀석들의 비원, 즉 한을 풀어주면 그 아이템의 효과를 흡수할 수 있는 모양이다.

〈에틸라반의 우울〉의 경우 에틸라반이 키테그람에게 죽은 것이 한이 되었기 때문에 반지를 착용하고 녀석을 처치하자 그 한이 풀렸다는 것 같았다.

'효과뿐만 아니라 얽힌 내용도 잘 읽어봐야겠군. 미지정 포

인트라…….'

아침부터 예상하지 못한 보상을 받은 치호는 예감이 좋았다.

왠지 이렇게 아이템의 효과를 취득하는 경우는 흔치 않을 것 같았기 때문이다.

전설이라는 것은 말 그대로 아주 오래전에 일어났던 사건일 터, 그렇다면 아이템 설명에 떠오른 내용만으로 뭔가를 해결하기에는 정보가 턱없이 부족할 것이다.

그렇기 때문에 전설의 얽힌 이야기를 알아냈다고 하더라도 그것의 한을 풀어줄 수 있는 방법은 요원할 것이 틀림없다.

하지만 이번 키테그람의 경우 이 어미가 에틸라반을 죽였던 녀석인지는 확실하지 않음에도 한이 풀렸다고 한 것을 보면 아마도 치호가 에틸라반의 종의 멸절을 이끌어냈기 때문에 가능했던 일인지도 모른다.

그런 우연이 겹쳐 치호가 아이템의 효과를 취득하였으니 꽤 운이 좋았다고 봐도 무방할 것이다.

통로를 열고 미지의 장소로 떠나야 하는 판에 이렇게 출발부터 호조를 보이는 것은 좋은 신호로 느껴졌다.

"치호 아저씨, 출발해요. 준비 끝났어요."

메시지를 살피고 아이템의 효과 귀속에 대해 있던 차에 메이가 준비를 다 끝냈는지 치호를 살피며 이야기했다.

"그래. 가자."

치호는 생각을 적당히 갈무리 하고 앞서가는 메이를 따라 천천히 키테그람과 전투가 있었던 곳으로 발걸음을 옮겼다.

"으……. 지독하네요."

메이가 키테그람의 남은 시체를 보며 이야기했다.

키테그람의 시체는 이미 살덩이 부분은 거의 갉아 먹혔는지 머리 근처의 일부와 뼈만 앙상히 남은 상태로 황량한 벌판을 뒹굴고 있었다.

치호는 그런 키테그람의 사체 근처로 다가가 이곳저곳을 살폈다.

'역시 사체가 남는군.'

지난번 키테그람의 새끼처럼 사체가 남을 것이라 생각해서 와본 것이었는데 역시 그 예상은 적중했다.

치호는 키테그람의 뼈를 인벤토리에 챙기고 남은 머리 부분을 도끼로 천천히 해체해 갔다.

피켈라니온은 더 이상 먹을 부분이 없다고 판단해 어디론가 떠났는지 보이지 않았다.

'이쯤인 것 같은데…….'

치호는 잠시 무엇인가를 찾는 듯 보였으나 이내 목표하는 바를 이뤘는지 어딘가에 시선이 멈췄다.

그런 치호의 시선이 멈춘 곳은 키테그람의 분비물 주머니가 있는 곳이었다.

피켈라니온조차 분비물 주머니가 있는 곳 부근은 입도 대지 않고 그대로 남겨둔 것을 보면 지독해도 보통 지독한 것이 아닌 것 같았다.

일전의 전투를 다시 한 번 상기하며 고개를 절레절레 흔들며 기관의 주변을 조심스레 해체해 나갔다.

'역시. 따로 그 분비물을 생성하는 기관이 있었군.'

새끼는 불을 뿜어냈던 것과 달리 이번에는 실체가 있는 공격을 했기에 혹시나 하고 찾아봤는데 그 예상 역시 적중했다.

이런 물품은 나중에 요긴하게 쓰일 수 있으니 조심히 따로 챙겨 인벤토리 안에 넣었다.

"치호 아저씨, 확인할 게 있다더니, 그게 사체 뒤지는 거예요? 으… 취향 참 독특하시네요."

"징그럽다고 피하면 안 돼. 이런 녀석들은 쓸 만한 게 많으니까 모을 수 있을 때 모아두는 게 좋아. 너도 얼른 뼛조각 몇 개 챙겨. 분비물은 내가 따로 챙겨주지."

어차피 키테그람의 뼈나 분비물은 그 양이 많아 혼자 욕심을 부릴 필요가 없기에 메이와 적당히 나누어 가졌다.

"자, 그럼 이제 떠나는 일만 남았군."

"그러게요……. 치호 아저씨, 혹시 따로 떨어지게 되면 나중에라도 서로 찾아주기에요. 알겠죠?"

"그래. 나중에 여유가 된다면. 아마도 다음 필드에 가면 바쁠 것 같거든. 쥬드 녀석도 쫓아야 하고 다른 놈도 있어서."

"아……. 그때 그? 저도 찾아봐야 할 녀석이 있는데 혹시라도 알란이란 녀석을 찾으면 저 대신 복수 좀 해주세요. 최대한 고통스럽게……."

알란이란 녀석에 대해 이야기할 때 메이의 눈빛이 사납게 변하는 걸 보면 보통 사이는 아닌 것 같았지만 굳이 물어보지 않았다. 뻔하고 뻔한 이야기들일 테니까.

치호와 메이는 다음 필드에 가서 해야 할 일에 대해서 간단히 이야기한 후 마음을 가다듬고 동시에 외쳤다.

"통로 개방!"

그 순간 지평선 밖에 보이지 않던 허허로운 벌판에서 땅이 갈라지고 거점에서 보았던 것과 비슷한 통로가 솟구쳐 올랐다.

그리고 메이와 치호에게 동시에 떠오르는 메시지.

〈새로운 통로를 개척한 당신. 통로 개통 사실을 모든 테스터에게 공개 하시겠습니까? 공개하면 해당 지점은 새로운 거점으로 등록되고 '영광의 기록서'에 그 이름이 올라가는 영예와 보상이 지급됩니다.〉

떠오르는 메시지를 읽고 슬쩍 메이를 쳐다보았더니 메이가 고개를 가로저었다.

치호 역시 공개하는 것은 꺼려졌기에 공개하지 않는 것을 선택했다.

공개 범위가 어디까지 되는지 알 수 없고 자신이나 메이의 신상이 흘러 나가서 좋을 것은 없었기 때문에 보상이 어떤 것이 나오든 큰 이득은 아닐 것 같았다.

"공개하지 않는다."

〈비공개를 선택하셨습니다. 안타깝지만 테스터의 선택에 따라 개방된 통로는 1회용 통로로 개방되며 곧 이동이 시작됩니다. 준비하세요.〉

[10]

[9]

"휴… 치호 아저씨. 꼭 살아서 다시 만나요. 그리고 고마웠어요."

"그래……."

치호는 살아서 다시 만나자는 말이 뭔가 이상했지만 불안해 보이는 메이의 눈빛을 마주치자 걱정 말라는 듯 고개를 한번 끄덕였다.

[5]

[4]

'쥬드, 거의 다 왔다. 네가 기쁨에 몸서리칠 때 심장에 칼을 꽂아줄 테니. 조금만 기다려라.'

치호는 쥬드를 생각하며 이를 악물었다.

이 기묘한 세계에 제대로 적응하기도 전에 자신을 해한 녀석이 벌써 두 놈이나 있다.

한 놈이야 상대적으로 가볍게 처리할 만한 원한이라면 다른 한 놈은 다르다.

의도적으로 접근하고 계획적으로 배신을 했다. 거기에 자신을 영원히 가두려고까지 한 녀석. 용서할 수가 없다.

[1]

[0]

카운트가 끝남과 동시에 치호와 메이의 주변으로 눈부신 빛이 머무르더니 잠시 후 그 빛이 하늘로 솟구치듯 사라짐과 동시에 두 사람의 흔적 또한 함께 사라졌다.

남겨진 통로 역시 빛이 사라지자 다시 땅속으로 꺼지듯 자취를 감추었고 치호와 메이가 있었던 흔적도 함께 사라져 두 사람이 떠난 벌판엔 공허한 바람만 허허롭게 맴돌 뿐이었다.

*   *   *

'큭. 여기는…….'

이동은 순식간에 이루어지는 듯 치호의 눈앞으로 잠시 정전처럼 어둠이 찾아왔다가 다시 새로운 풍경이 눈앞에 나타났다.

하지만 풍경이 보임과 동시에 느껴지는 구토감과 현기증, 그리고 떠오르는 메시지 때문에 치호는 정신을 차릴 수가 없었다.

숨을 고르고 주변을 살폈을 때 눈에 들어오는 것이라고는 교목과 관목이 뒤섞인 울창한 나무숲이었다.

쭉쭉 뻗은 나무들은 그 끝이 잘 보이지 않을 만큼 높고 울창하게 숲을 이루고 있었고 그 교목의 하단은 걷기도 힘들 정도로 빽빽하게 관목과 풀들이 올라와 있었다.

아쉽게도 메이는 곁에 없는 것으로 보아 다른 곳으로 전송이 된 것 같았다.

'습하군. 어둡고……'

치호는 주변의 축축하고 어두운 분위기를 느끼며 채 몸을 추스르기도 전에 도끼에 손을 올리고 주변을 경계했다.

정신이 없을 때를 노리는 하이에나 같은 녀석이 있을지도 모르기 때문에 잔뜩 긴장하고 사위를 살폈으나 살기나 위험이 될 만한 것들은 느껴지지 않는 것 같았다.

치호는 잠시 기다렸다가 긴장을 풀고 몸을 추스르며 떠오른 메시지를 읽었다.

〈두 번째 테스트 필드에 도착하였습니다. 견습 테스터의 자격에서 일반 테스터로 자격이 격상됩니다.〉

〈새로운 통로를 개척해 필드에 도착했습니다. 일반 테스터의 자격과 더불어 개척자의 자격을 부여합니다.〉

〈직업을 찾아 두 번째 테스트 필드의 테스터로서의 자격을 증

명하세요.)

떠오르는 메시지를 읽은 치호는 여전히 불친절한 메시지에 툴툴거렸지만 딱히 들어줄 이는 없었다.

'일단 거점부터 찾아야 하나…… 인솔자 같은 건 없나?'

거점 발보아처럼 숨겨져 있다면 거점을 찾는 게 요원한 일이기 때문에 난감하기 짝이 없었다.

치호는 잠시 클레이와 떨어져 벌판을 방황하던 때를 상기하고 재빨리 나무를 타고 오르기 시작했다.

높은 곳에서 주변을 탐색하고 어디로 가야 할지 방향을 잡는 게 더 좋을 것 같았다.

'후. 옛날 지구에도 이런 나무가 많았었는데……'

치호는 나무를 오르며 옛날 숲속에서 부족을 이루고 살았을 때가 떠올랐지만 이내 집중하고 나무의 꼭대기까지 올라 주변을 살폈다.

오랜만에 나무를 타는 것이었음에도 치호의 움직임은 마치 어제까지 나무를 타던 사람처럼 능숙하게 나무를 타 꼭대기까지 올라갔다.

나무 위에서 내려다 본 숲은 치호를 압도할 만큼 광활하게 펼쳐져 있었다.

벌판과는 다르게 숲으로 이루어진 광경은 보는 이로 하여금 경외감에 물들게 했다.

오랜만에 이런 웅장한 풍경을 마주했기 때문에 천천히 그 감정을 음미하려던 찰나 치호의 눈에 저 멀리서 검게 피어오르는 한 줄기 연기가 눈에 띄었다.

'아무래도 한가롭게 경치나 구경하기는 틀린 것 같군.'

치호는 재빨리 나무에서 내려와 검은 연기가 피어오르고 있는 방향을 향해 달렸다.

언제나 그렇듯 검은 연기가 좋은 징조는 아니다. 밥을 짓거나 할 때는 검은 연기가 나지 않는 법이니까.

하나 불길한 징조라 한들 사람이 있다는 것은 틀림없을 것이다. 좋지 못한 광경을 보게 될지도 모르지만 혼자 이 숲을 헤매며 식량 걱정을 하는 것보다는 나을 것이다.

하다못해 거점에 대한 정보라도 얻을 수 있을 테니까.

치호는 재빨리 움직이는 중에도 사방을 경계하는 것을 잊지 않고 빠르게 방향을 잡아 달려 나갔다.

얼마간을 달려갔을 때 희미하게 간간히 병장기 부딪히는 소리와 함께 비명 소리가 섞여 들렸다.

치호는 소리가 점점 크게 들려오자 기척을 줄이고 천천히 몸을 숨기며 다가갔다.

소리의 진원지에 도착했을 때 그곳은 전투가 한창이었다. 아니, 전투라기보다 학살에 가까운 광경이 치호의 눈앞에 펼쳐지고 있었다.

"크하하! 모조리 죽여라. 버러지 같은 원주민들을 깨끗이 쓸어버려!"

학살을 자행하고 있는 쪽의 리더처럼 보이는 이가 즐겁다는 듯 명령을 내리고 있었다.

그를 따르는 인원은 20명쯤 되어 보였는데, 장비나 옷차림을 보아하니 테스터들인 것 같았다.

하지만 상대는 그 적은 수에도 대항하지 못하고 허수아비처럼 툭툭 쓰러져갔다.

좀 더 자세히 살펴보니 그들에게 대항하고 있는 이들은 대부분 여성과 아이들이었고 남자들도 간간이 보였다.

하지만 그 수가 적고 온몸에 붕대를 감고 있는 것으로 보아 전투 인원은 아니고 부상을 치료하던 중 습격을 당한 것으로 보였고, 그런 그들에게 희망은 없어 보였다.

테스터로 추정되는 이들의 비정한 칼날은 어린아이들조차 가리지 않고 농부가 수확물을 수확하듯 무정하게 휘둘러졌다.

치호는 더 이상 그 광경을 지켜만 보고 있을 수 없어 천천히 걸음을 옮겼다.

그는 바스러지는 낙엽소리조차 들리지 않을 정도로 가볍고 신중하게 한 걸음씩 내디뎌 학살을 자행하고 있는 이들에게 다가가고 있었다.

'원주민이라… 이 더러운 광경을 다시 보게 될 줄은 몰랐는데.'

치호는 그 학살의 광경을 지켜보며 이를 악물었다.

과거 지구에서 문명화라는 명분을 내세워 그들의 땅을 빼앗고 그들의 문화를 파괴하였다.

또한 그들의 핏값으로 자신들의 배를 불리는 작태를 수도 없이 봐왔다.

그렇기 때문에 지금 눈앞에 펼쳐지는 저 모습과 그때의 모습이 겹쳐지자 치호는 구역질이 날 것 같았다.

아무리 문명인이라는 탈을 쓴 채 이곳에 넘어왔다고 하더라도 겨우 두 번째 필드 만에 그들은 너무도 쉽게 그 탈을 벗어 던진 것이다.

어쩌면 치호가 분노하는 이유는 그들이 원주민들을 학살하기 때문이라고만 할 수 없을 것이다.

지금껏 인간들이 수백 년간 값진 대가를 치르며 힘겹게 쌓아 올린 그들의 도덕적 관념을 저리도 쉽게 내팽개치는 모습에 실망했기 때문인지도 모른다.

이유가 어찌 되었든 살행을 멈추지 않는 그들을 보며 무슨 생각이라도 떠올랐는지 방금 전까지 얼굴에 드리워져 있던 표정을 지우고 그들에게 다가가기 시작했다.

제2장
두 무리

천천히 그들에게 다가가는 치호를 제지하는 이는 아무도 없었다.

치호가 기척을 완전히 숨기고 맹점을 파고들며 걷고 있는 이유도 있었지만 그들은 학살의 쾌락에 빠져 치호에게는 신경조차 쓰지 않는 것 같았다.

리더로 보이는 이에게 거의 다 접근했을 때 치호가 그를 부르며 물었다.

"이봐, 뭐 좀 물어보자."

"우악! 깜짝이야. 너 뭐야!"

리더로 보이는 이는 기척도 없이 등 뒤에 다가온 치호를 경계하며 재빨리 자신의 무기로 손을 얹었지만 치호의 장비와 옷차림을 보고 테스터라는 것을 파악하자 쉽게 손을 뻗지는 않았다.

"뭐야, 너 어디 소속이야. 표식을 보여!"

"표식?"

"거점 표식. 손을 올려! 어서!"

치호는 녀석의 태도를 보니 거점에 들어가기 위한 문양을 말하는 것 같아 슬쩍 들어 보여줬다.

"발보아? 발보아 출신이 왜 여기… 아니, 그것보다 왜 이 지역 표식이 보이지 않지? 너 뭐야?"

"지역 표식? 아, 필드에 온 지 얼마 되지 않아서 말이야."

"보충 인원인가? 그럴 리가… 아직 때가 아닌데? 인솔자는 누구지?"

그는 치호에게 마구 질문을 던졌지만 치호는 별로 대답해 줄 생각이 없다는 듯 무심히 녀석을 보고 말했다.

"거참. 말 많네. 나도 좀 묻자고."

치호가 녀석에게 가시 돋친 듯 말하자 일순 주변의 시선이 모아졌다.

이 녀석을 따르던 이들이 두 사람의 분위기가 묘하게 변하자 살행을 멈추고 치호에게 집중을 하기 시작했다.

"이들은 왜 죽이는 거지? 듣자하니 원주민이라는 것 같은데. 이유가 뭐야?"

"이놈들? 이 버러지들을 죽이는 데 이유가 있나? 내버려 두면 우리 사냥감이나 축내는 녀석들이니 시간이 있을 때마다 밟아주는 게 좋지. 뭐 스트레스도 풀리고 경험치도 은근히 쏠쏠하니까 말이야. 크흐흐."

"경험치? 스트레스? 하하. 그래?"

치호는 녀석의 어이없는 대답에 순간 피가 머리로 몰려 현기증이 날 것 같았다.

하다못해 그럴듯한 대의나 명분만이라도 있길 바랐건만 그 기대는 여지없이 무너뜨리는 대답이었다.

'채 꽃도 피어보지 못한 아이를 죽이는 이유가 경험치?'

치호는 저도 모르게 차오르는 분노를 애써 차분히 가라앉히고 차갑게 머리를 식혔다.

이런 치호의 감정 변화와는 무관하게 녀석은 잘도 지껄이며 말을 이었다.

"보아하니 아직 표식도 없는 걸 보면 낙오자 같은데 너무 고깝게 볼 필요는 없어. 자네도 알잖나. 경험치 얻기 힘든 거. 경험치가 굴러다니는데 먼저 발견한 놈이 임자라니까? 재수가 좋은 거지. 크하하."

치호는 녀석의 계속되는 헛소리에 대답할 가치를 느끼지 못했고 천천히 주변을 둘러보며 녀석들의 위치와 무기 등을 파악하기 시작했다.

"어떤 놈이 인솔자였는지 몰라도, 하여튼 새끼들 다 챙겨올 생각은 안하고 지들 꼴리는 대로 한다니까. 그래도 자네는 재수가 좋아. 우리를 만났으니까. 여기 처리가 끝나면 우리 거점으로 데려다주지. 원주민 놈들도 만났겠다, 선심 좀 쓰지. 크흐흐."

'셀렌의 안목.'

첫 번째 필드보다 더 지독해 보이는 두 번째 필드의 분위기에 문득 메이가 걱정되었지만 그것보다 먼저 이 녀석을 파악부터 하는 것이 중요해 보였다.

곧 다가올 상황을 대비해 먼저 상대를 파악하는 게 중요하니까.

치호는 속으로 〈셀렌의 안목〉을 발동시키자 메시지가 눈앞에 떠올랐다.

〈기량이 상대보다 높아 셀렌의 안목이 발동됩니다.〉
특성: —
스킬:
— 마력 보호막: 마력을 이용해 시전자의 주변에 보호막을 생성

합니다.

치호는 처음 쓰는 〈셀렌의 안목〉의 효과가 꽤 마음에 들었
다.

비록 마력 소비량은 꽤 커서 부담이 되긴 했지만 먼저 상대
의 스킬을 알 수 있고 대비할 수 있다는 것만으로도 상대보
다 우위에 설 수 있기 때문이다.

'특성은 없는 모양이고 마력 보호막이라……'

마력 보호막이란 스킬에 대해 생각할 때 녀석이 입을 떼고
크게 외쳤다.

"자자, 별일 아니니까 어서 마무리하자고. 괜히 시간 끌다
가……."

"그런데 말이야."

말을 마치기 전에 치호가 말을 자르며 녀석에게 물었다.

"경험치는 많이 줘? 좀 불쌍하지 않아?"

치호의 물음에 녀석은 생각할 가치도 없다는 듯이 대답했
다.

"뭐? 불쌍? 크하하하! 약한 놈은 뒈져야지, 불쌍하기는. 이
원주민 놈들이 강했어봐. 사냥당하는 건 우리였을걸? 원래 세
상이 다 그런 거야."

"호오. 그랬군. 내가 보기보단 오래 살았는데 말이야. 그걸

몰랐네, 내가."

치호는 농담을 하듯이 얼굴에 미소를 한껏 머금고 녀석과의 거리를 조금씩 좁혔다.

녀석도 치호의 그런 미소에 크게 경계하는 것 같지 않았고 거리가 충분히 좁혀졌을 때 치호가 말했다.

"그럼 말이야, 내가 너희들을 죽여도 세상이 원래 그런 거니 닥치고 원망하기 없기?"

순간 치호가 녀석에게 튀어 올라 공중에서 도끼를 잡아 빼며 그대로 녀석의 머리통을 찍어 내렸다.

동시에 튀어 오르는 녀석의 핏줄기가 치호의 얼굴을 적셨고 녀석은 스킬을 외칠 새도 없이 머리가 쪼개졌다.

치호가 애써 〈셀렌의 안목〉까지 써가며 녀석의 스킬을 파악한 보람도 없는 허무한 죽음이었다.

"약한 놈은 뒤져야지. 안 그래?"

[경험치 1,100을 획득하였습니다.]

치호는 오랜만에 눈앞에 떠오르는 경험치 획득 메시지를 보며 슬쩍 미소 짓고는 재빨리 스킬을 발동시켰다.

"투사의 발걸음."

치호는 스킬을 쓰자마자 재빨리 미리 봐두었던 다음 타겟을 향해 거침없이 달려 나갔다.

지금은 얼이 빠진 듯 정신을 놓고 있는 녀석들이 상황을 파악하고 대응하기 전에 한 녀석이라도 더 쓰러뜨려야 할 테니까.

시간이 촉박하다.

"커억."

거칠게 휘두르는 치호의 도끼질에 또 한 명의 테스터가 목숨을 잃었을 때 녀석들도 상황 파악이 제대로 되었는지 무리 중 한 명이 외쳤다.

"저 새끼 조져!"

그 외침과 동시에 사방에서 쏟아지는 살기.

이번 전투는 어둠도 치호를 도와주지 않는다.

밝은 햇살 아래 본신을 드러내고 다수와 싸우는 것이 쉽지만은 않지만 치호는 자신 있게 발걸음을 내디뎠다.

다음 녀석을 향해 다시 한 번 도약을 하자마자 치호가 방금 전까지 있었던 자리에 불기둥이 솟아올랐다.

한 테스터의 스킬이 치호를 노리고 발동된 것이다.

치호는 그 스킬을 보고 미간을 한번 찡그린 후 방향을 꺾어 스킬을 날린 녀석에게 달려가 그대로 발로 녀석의 머리통을 찍어 내렸다.

퍼걱.

녀석은 비명도 지르지 못하고 머리통이 함몰되어 그대로 쓰러졌다.

너무나도 빠르게 근접해 오는 치호에게 제대로 대응조차 하지 못한 것처럼 보였다.

'역시 스킬이 까다롭군. 후.'

치호는 전투를 치를수록 스킬이란 것이 까다롭기 그지없었다.

과거 지구에서는 이런 것 상관 안 하고 난전을 유도하여 싸우면 그만이었는데 이곳에서의 싸움은 그 양상이 좀 달랐다.

스킬이란 것 때문에 적과의 거리를 재는 것도 다 제각각이고 위험도도 급격히 상승한다.

그 종류도 다양해서 어설피 대응했다가는 역으로 당할 수 있으니 신경이 여간 쓰이는 것이 아니었다.

잠시 생각할 틈도 주지 않고 치호를 향해 또다시 스킬이 날아왔고 치호는 재빨리 피해내며 나무 뒤로 숨어들었다.

노출된 장소에서는 집중포화를 맞기 딱 좋기 때문에 적당히 몸을 숨긴 것이다.

일순 찾아온 적막.

테스터들은 서로 눈짓을 하며 치호가 몸을 숨긴 나무 뒤를 향해 스킬을 난사했지만 그 자리에 치호는 이미 없었다.

그리고 뒤쪽에서 들리는 비명 소리 하나.

"하악."

치호에게 습격을 당한 녀석은 아직 숨이 끊어지지 않았는지 힘겹게 숨을 꺼떡꺼떡 쉬었지만 솟구치는 피는 멈추질 않았고 곧이어 숨이 끊어졌다.

"갑자기 뒤에서 어떻게 나오는 거야! 씨벌."

분명 나무 뒤로 숨었는데 어느새 제일 뒤편에서 나타난 치호 때문에 테스터들은 정신이 하나도 없는지 거칠게 욕지기를 내뱉었다.

테스터들은 잔뜩 긴장한 채 사방을 둘러보았지만 여전히 치호의 옷자락 하나 찾을 수가 없었다.

그리고 멀리 떨어져 있던 또 다른 테스터가 힘없이 풀썩 쓰러지자 남은 녀석들은 초조함에 땀이 비 오듯 흘렀다.

비명이 한 번씩 들릴 때마다 한 명씩 죽어나가는 것도 문제지만 치호를 발견조차 할 수 없으니 테스터들은 미칠 노릇이었다.

"안 되겠다. 모두 모여! 떨어져 있다가 한 놈씩 죽겠어! 어서!"

어디선가 모이자는 외침이 들렸고, 혼자 따로 떨어져 있기 불안했던 테스터들은 그 외침을 듣자마자 한곳으로 모여 사방을 경계하기 시작했다.

"위다!"

"무… 무슨 움직임이 키몽보다 빨라!"

테스터 중 한 명이 치호를 발견한 듯 하늘을 향해서 소리쳤다.

테스터들이 하늘을 향해 고개를 치켜들었을 때 치호는 곧게 뻗은 나무를 발로 박차며 마치 날다람쥐처럼 나무 사이를 뛰어다니고 있었다.

곧게 뻗은 나무를 이용해 테스터들의 눈을 피해 자유롭게 이동하며 그들을 습격하고 있었던 것이다.

테스터가 치호를 발견하고 외친 그 순간 치호는 재빨리 나무를 박차고 테스터들이 몰려 있는 곳의 중심을 향해 뛰어들었다.

"새끼들, 말 잘 듣네. 잘 모였다. 투사의 발걸음."

테스터들이 몰려 있는 중심부를 향해 뛰어든 치호는 한 명을 밟아 죽이며 착지했다.

이런 상황을 만들기 위해 약간의 교란작전을 섞은 것이었다.

즉 모두 모이라고 누군가 외쳤던 그 말은 테스터 중 한 사람이 한 것이 아니라 치호가 한 것이었다.

약간의 교란이었지만 너무 쉽게 통한 것을 보니 역시 처음에 리더로 보이는 자의 목을 먼저 친 것이 도움이 되는 듯했다.

적들이 몰려 상황은 치호에게 아주 유리하게 적용되었다.

투사의 발걸음은 이런 난전 상황에 아주 잘 어울리는 스킬이고 반대로 상대방은 서로가 뒤엉켜 있어 스킬을 쓰기 어려운 상황이 되었다.

치호의 도끼가 햇빛을 반사시키며 무정하게 떨어졌고 그 도끼질에 한 명씩 쓰러졌다.

도끼질 한 번에 한 명씩 죽이는 것은 지난번 피켈라니온과의 난전에서 한 번에 두세 마리씩 썰어나갔던 것에 비해 무위가 떨어진 것처럼 느껴졌다.

하지만 테스터들이 포션이나 혹은 자신이 모르는 무엇인가를 사용할지 몰라 어설피 치명적인 상처를 입히기보다는 확실히 목숨을 끊는 것을 선택했기에 어쩔 수 없었다.

"크윽, 젠장! 티롱의 헛발질!"

점점 테스터가 줄자 초조했던 한 녀석이 주변의 동료들도 신경 쓰지 않고 치호를 향해 스킬을 사용했다.

치호는 무언가 날아오거나 하는 충격에 대비했지만 그런 기색이 없어 녀석을 멀뚱히 쳐다보았다.

"좋아. 들어갔어! 녀석의 움직임을 제압했다!"

치호는 엉뚱한 녀석의 말에 어처구니가 없어 한 걸음 내디뎠을 때 녀석의 말을 이해할 수 있었다.

치호가 한 걸음 내디뎠을 때 치호의 발은 마치 빙판 위를 걷는 것처럼, 아니, 윤활유를 뿌린 대리석 바닥 위를 걷는 것처럼 발이 죽죽 미끄러졌다.

"어때, 신기하지, 새끼야? 너같이 날파리처럼 뛰어다니는 놈한테는 이게 특효약이지. 새끼."

녀석은 마치 다 끝났다는 듯 의기양양하게 치호를 약 올렸다.

스킬을 적중시켜 치호의 발을 묶었으니 더 이상 두려울 게 없는 듯 보였다. 그런 녀석을 보며 치호가 퉁명스럽게 말했다.

"이게 끝이야? 어쩌나… 특효약이 별로 효과가 없는 것 같은데. 투사의 발걸음."

치호는 투사의 발걸음을 발동시켜 발걸음을 내디뎠다.

그 순간 티롱의 헛발질 스킬이 치호의 발을 미끄럽게 했지만 치호는 그대로 발을 땅에다 박아버렸다.

· 투사의 발걸음 스킬과 더불어 치호가 힘을 줘서 한 발 한 발 내딛자 딱딱한 지면은 마치 늪지대처럼 푹푹 꺼지며 발자국을 남겼다.

걸을 때마다 저항감이 있었지만 크게 신경 쓰일 정도는 아니었다.

이보다 더한 상황에서도 싸운 적이 수도 없는데 겨우 이 정도야 치호에게 문제 되지 않았다.

"어때, 쓸 만하지? 내 스킬."

"이… 이런 개 같은……."

치호의 해맑은 미소와 함께 녀석에게 몸을 날렸고 스킬이 어이없이 깨진 녀석은 말이 채 끝나기도 전에 머리통에서 피가 분수처럼 뿜어져 나왔다.

"튀… 튀어!"

티롱의 헛발질이란 스킬을 썼던 녀석이 나름 실력이 있었는지 그 녀석이 죽자 몇 남지 않은 테스터들은 사방으로 흩어졌다.

처음 20명 정도 되어 보였던 인원은 그 수가 애처로울 정도로 줄어 있었다.

"나한테서 도망갈 수 있을 거라 생각해?"

테스터들은 사력을 다해 도망갔지만 추적술에 있어서, 그리고 그 속도에 있어서도 어느 것 하나 비교조차 할 수 없는 치호의 수준으로 보면 그들의 목숨도 얼마 남지 않은 것 같았다.

*　　　*　　　*

"후우. 생각보다 시간이 오래 걸렸네."

치호는 흩어진 녀석들을 모두 처리하는 데 걸린 시간이 마음에 들지 않는다는 듯 툴툴거리며 원주민들이 있던 곳으로 돌아왔다.

돌아오는 치호는 무엇인가를 질질 끌고 왔는데 그 정체는 테스터였다.

녀석들을 추적하며 주살하는 도중에 문득 거점이 생각났기에 하나 정도는 남겨두는 게 좋을 것 같아 죽이지 않고 끌고 왔다.

"제… 제발 살려주세요. 그냥 시켜서 한 것뿐이에요. 제발……."

끌고 온 테스터는 처음의 기세는 어디로 갔는지 치호에게 무릎을 꿇고 닭똥 같은 눈물을 흘리며 목숨을 구걸했다.

"거점. 거기까지 데려다줘. 그러면 살려줄게."

"저… 정말이시죠? 저 안 죽이시는 거죠?"

"그래. 내가 미친놈도 아니고 굳이 다 죽일 필요는 없잖아? 굳이 피 볼 일은 없는 게 좋으니까."

치호는 녀석에게 믿으라는 듯 웃음 지었지만 테스터는 도통 믿을 수가 없는 눈치였다.

둘이 평화롭게 대화하고 있을 때 뒤쪽에서 기척이 느껴졌다.

'아, 원주민. 얘네는 또 어떻게 해야 하나……'

문득 원주민들이 생각나 고개를 돌렸다.

테스터들이 경험치가 어쩌고 하면서 사람들을 학살하는 모습에 분노가 치밀어 일을 벌이기는 했지만 남은 원주민들을 보니 어떻게 대해야 할지 딱히 떠오르지 않았다.

"어… 엄마……"

치호가 고민을 하며 원주민들을 바라보고 있을 때 한 아이가 치호를 보며 울먹이고 엄마를 찾아 뒤로 숨는 모습이 보였다.

그리고 동시에 원주민들에게서 느껴지는 그들의 눈빛.

공포.

그들의 눈에 서린 기색은 공포였다. 자신들을 구해준 이를 보는 눈빛은 아니었지만 치호는 이해할 수 있었다.

'하긴. 이놈이나 저놈이나 다 똑같은 놈으로 보일 테지……'

치호는 그들의 그런 모습을 볼 때마다 머리로는 이해했지만 입맛이 써지는 것은 어쩔 수 없었다.

이럴 때는 그저 자리를 피해주는 것이 최선이다. 그들에게 안정이 필요할 테니까.

생각을 마친 치호는 끌고 온 테스터와 자리를 피하려고 할 때 나이가 들어 보이는 한 원주민이 황급히 다가와 말했다.

"투신 바르시의 후인을 뵙습니다!"

다가온 원주민이 그렇게 외치자 주변의 얼마 남지 않은 원주민들이 함께 무릎을 꿇었다.

방금 전 엄마를 찾던 아이도 주변 분위기에 휩쓸려 영문도 모른 채 무릎을 꿇고 있었다.

'이건 또 무슨……'

치호는 지금 벌어지는 일이 도통 이해가 되지 않았지만 늙은 원주민이 할 이야기가 있는 눈치라 무슨 이야기를 하는 것인지 일단 들어보기로 했다.

어차피 급히 가야 할 곳도 없고 방금 전투로 지친 몸을 달래야 했기에 조금 쉬면서 그들의 이야기를 들어보기로 했다.

"투신 바르시? 비달란의 투사를 말하는 건가?"

"오오! 그분의 후인이 맞군요. 역시 그분의 후인답게 족적 하나하나가 용맹하십니다. 아! 제 소개가 늦었군요. 저는 이들을 이끌고 있는 아켄 부족의 제사장 자르코입니다."

스킬의 내용을 말하는 건가 싶어 대충 던져봤는데 뭔가 단단히 오해하는 듯했다.

치호는 그런 식으로 넘겨짚는 것이 싫어서 얼른 오해를 풀기 위해 말했다.

"난 후인 같은 게 아니야. 스킬을 얻어서 쓸 뿐. 너희도 이녀석들과 싸워봤으면 알 거 아니야. 기묘한 힘, 스킬이란 걸."

"스킬… 하하. 오히려 후인님께서 오해하고 계시는군요. 후인님께서 사용하시는 그 힘. 정말 무작위로 사냥을 통해 얻으셨다고 생각하십니까?"

"무작위가 아니라면?"

제사장 자르코가 하는 말이 기존의 테스터들이 했던 말과 달랐기에 자연스레 관심이 쏠렸다.

"테스터라고 불리는 이들. 그러니까 저들은 그 위대한 힘을 스킬이라는 이름으로 부르고 있는 것 같더군요. 하지만 그렇게 단순한 것이 아닙니다. 오히려 힘의 주인들에게 시험을 받고 있는 것입니다. 사냥을 통해서 말이죠."

"시험?"

"네. 그 분들께서는 모든 걸 굽어보고 계십니다. 모든 이들의 전투 방식과 그들의 삶을 보고 판단하시는 겁니다. 자신들의 기술을 쓸 자격이 있는지 없는지."

치호는 가만히 원주민의 말을 듣다가 굽어보고 있다느니 하는 부분에서 관심이 뚝 떨어졌다.

보통 원주민들이 자주 입에 담는 '조상님이 함께하십니다' 같은 의미로 받아들이면 편할 것 같았다.

지구에서 그런 말을 들을 때마다 그 조상들과 함께 살아본 치호로서는 그들이 주문처럼 하는 그 말을 도통 이해할 수 없었기에 관심이 떨어진 것이다.

차라리 테스터들이 이야기하는 방향이 더 진실에 가깝게 느껴졌다.

거기다 시험 어쩌고 하는 소리는 치호에게 듣기 거북할 수밖에 없었다.

건방지게 누가 누구한테 시험을 내린단 말인가? 자신이 시험을 내리는 것이면 몰라도 시험을 받을 위치는 아니기 때문이다.

특별한 정보가 있을까 기대했던 치호는 기분만 나빠졌을 뿐 별달리 특별한 정보가 없어 실망했지만. 했지만 내색하지 않고 말을 이었다.

"그럼 자네들이 비달란의 주민들인가?"

"하… 슬픈 이야기입니다만, 저희가 비달란의 주민이었던 것은 맞습니다. 하지만 그 영광의 땅을 저 테스터들에게 빼앗겼습니다. 그렇기에 저희들은 비달란의 주민이라는 영광의 칭호를 사용할 수 없는 죄인들입니다. 투신 바르시여, 용서하여 주옵소서."

치호가 묻자 자르코는 투신 바르시를 연신 외치며 무릎을 꿇고 용서의 기도를 하기 시작했다.

여기까지 이야기를 듣자 돌아가는 상황을 대충 이해할 수 있었다.

좀 더 자세한 사항은 알아봐야 하겠지만 큰 그림은 그려졌기에 이 두 무리가 싸우는 이유 정도는 파악이 가능했다.

"그래서 이들과 싸우는 것인가? 비달란을 되찾기 위해? 한데 투사들은 어디로 간 거지? 전투 인원이 없잖아. 모두 여자와 아이들, 그리고 부상자라니."

치호가 의문이 드는 부분을 묻자 원주민은 기다렸다는 듯이 상황을 이야기하기 시작했다.

그들의 말을 요약하자면 비달란을 뺏긴 후 이곳 미개척지라 불리는 곳으로 뿔뿔이 흩어졌다.

이유는 모여 있다가 테스터들의 습격을 받아 한 번에 전멸하는 것을 방지하기 위한 나름의 자구책을 낸 것이다.

하지만 시간이 흐르면서 비달란이란 안전한 보금자리를 잃은 그들에게 괴물들의 잇단 습격은 치명적이었고 점점 투사들의 수는 줄어들었다는 것이다.

이런 상황을 타파하기 위해 남은 투사들은 흩어진 비달란의 후예들을 다시 규합하기 위해 떠났고, 이들이 자리를 비우자 테스터들이 습격해 온 것이라 했다.

"그 위기 속에서 투신 바르시의 후인이 나타난 것입니다. 이것이야말로 투신 바르시의 위대한 안배가 아니고 무엇이겠습니까. 저희를 굽어살피시어 이끌어주옵소서, 후인이시여."

치호는 자르코가 하는 말의 뉘앙스에서 혹시 이런 말이 나오지 않을까 조마조마했는데 역시 이런 진부한 말이 나왔다.

한숨을 쉬며 그 자르코에게 말했다.

"이끌어달라니. 나 또한 이들과 같은 테스터인데 뭘 믿고 그런 말을 하지?"

"투신의 힘을 가진 자라면 믿을 수 있습니다. 투신 바르시가 직접 선택한 이를 비달란조차 지켜내지 못한 저희가 거부할 권리 따위는 없습니다, 후인이시여."

자르코의 말을 듣고 있던 치호는 전투가 끝나고 돌아왔을 때의 상황이 이해가 됐다.

'그래서 저들은 눈빛에 공포가 서려 있음에도 불구하고 나를 붙잡은 거로군. 난 또……'

투신이 어쩌니 이끌어달라느니 하는 미사여구가 많았지만

한마디로 투사들이 빠진 자리를 채워서 자신들을 좀 보호해 달라는 것 같은데 별로 마음에 들지 않았다.

자신이 그렇게 해야 할 이유도 없을뿐더러 할 일이 많았기 때문에 이곳에서 시간을 낭비할 수 없었다.

"미안하지만 나도 여기 온 지 얼마 되지 않아 너희들의 말을 완전히 믿기는 어렵군. 그 말은 못 들은 것으로 하지."

"후인이시여! 저희를 버리시는 겁니까."

"버리긴 뭘 버려. 솔직히 투신이니 뭐니 하는 것도 와 닿지 않고 아직 테스터 쪽의 이야기는 알지도 못해. 아무튼 나중에 기회가 되면 다시 보지."

치호는 계속 이야기를 주고받다가는 쉽게 빠져나오지 못할 것 같아 얼른 자리를 뜨려고 하자 자르코가 치호를 붙잡으며 말했다.

"후인이시여. 그 마음 이해합니다. 하나 운명은 사람의 힘으로 막을 수 없는 법입니다. 지금 떠나신다 해도 결국엔 다시 만날 것입니다. 아쉽지만 후인의 마음이 그렇다면 어쩔 수 없는 법. 그러나 저희를 구해주신 분을 이렇게 그냥 가시게 할 수는 없습니다."

"아, 괜찮아. 뭐 딱히 너희를 구해주려고 한 일은 아니니까."

"아닙니다. 잠시만, 잠시만 기다려 주십시오."

자르코는 황급히 어디론가 달려갔다 오더니 손에 무엇인가를 하나 들고 왔다.

"이걸 가져가십시오, 후인이시여."

"이게 뭐지?"

자르코가 건넨 물건을 자세히 보니 가운데 붉은 수정이 하나 박힌 투박한 펜던트처럼 보이는 목걸이였다.

"투신 바르시의 마지막 유품입니다. 오로지 투신의 후인만이 사용할 수 있습니다. 또한 그 물품을 가지고 있다면 비달란의 흔적을 품은 자 그 누구도 후인을 적대하지 않을 것입니다."

"흠. 그래? 아무튼 고맙군. 나중에 혹시라도 위기에 처한 부족이 눈에 띈다면 뭐… 구해는 주지."

"고맙습니다. 후인이시여. 혹 존함을 여쭈어도 되겠습니까?"

"치호, 황치호."

"알겠습니다. 후인 치호시여. 하나 곧 다시 만나게 될 것입니다. 운명에 순응하시는……."

"됐어. 아무튼 난 간다."

치호는 자르코가 말이 길게 이어지기 전에 황급히 자리를 털고 일어났다.

그리고 잡아 온 테스터를 잡아끌며 원주민들을 뒤로하고 숲속으로 천천히 걸어 들어갔다.

*　　　*　　　*

"후우. 겨우 빠져나왔군."

치호는 원주민들이 있었던 방향을 돌아보며 안도의 한숨을 내쉬었다.

저들이 지금 힘든 것은 이해가 되었지만 그렇다고 자신의 할 일까지 내버려 두고 그들을 도와줄 수도 없는 노릇이다 보니 그곳에 오래 있어봐야 마음만 힘들어질 뿐이다.

치호는 선행하며 연신 땀을 흘리고 있는 테스터 녀석을 툭 치며 물었다.

"야. 너 이름이 뭐야."

"네? 네! 롭입니다, 롭."

"롭? 그 노인네가 한 말 다 들었지? 비달란이니, 투신이니 하는 저 이야기들 말이야. 다 맞는 말이야?"

"그… 글쎄요. 저도 투신이나 그런 소리는 처음 듣는 이야 기라……. 하지만 비달란이 저희 쪽 주 거점인 것은 맞습니 다."

"오. 그래? 지금 가는 곳이 비달란이야?"

"아뇨……. 비달란이 아니라… 지금 가는 곳은 개척지에 세 워진 임시 거점입니다."

주 거점은 무엇이고 임시 거점은 무엇인지 잘 이해가 되지 않았지만 어쨌든 거점은 거점이니까 그다지 문제 삼지 않았다.

어차피 거점에서 오래 머무를 것 없이 두 번째 필드에 대한 정보를 대충 파악하고 쥬드의 정보를 찾아나서는 게 급선무이기 때문에 그런 것에 하나하나 딴지 걸고 싶지는 않았다.

그 뒤로 롭의 이야기는 계속되었고 그 말을 들어본 결과 어느 정도 원주민과 테스터들 사이의 정황을 파악할 수 있을 것 같았다.

물론 확실한 판단을 위해서는 거점에 들어가서 알아봐야 알 일이지만 비달란이란 주 거점을 중심으로 개척지를 향해 세력을 점점 넓혀가고 있는 중이라고 했으니까 자르코의 말이 완전히 헛소리는 아닌 것 같았다.

'뭐, 진짜든 아니든 딱히 상관없으려나?'

치호는 원주민들이 불쌍하긴 했지만 크게 신경 쓰고 싶지는 않았다.

겨우 스킬 하나 얻은 것 때문에 코가 꿰일 짓은 하고 싶지 않았다.

게다가 건방지게도 시험이니 선택이니 하는 말을 지껄이는 것을 보면 도와주고 싶다가도 그런 마음이 달아났다.

게다가 그들을 도와준다면 반대로 테스터들과 척을 지게

될 확률이 높으니 섣불리 행동할 수도 없다.

아직 이 테스트 필드라는 곳에 대해 정확히 파악한 것이 아니기 때문이다.

아직까지도 누가 이런 곳을 만들었는지, 거점은 몇 개나 있는 것인지조차 파악되지 않은 상황에서 굳이 아군이 될 수 있는 이들을 적으로 돌릴 필요는 없기 때문이다.

거기다 잡아야 할 놈이 있기에 다른 곳에 신경 쓸 여력이 없었다. 지금도 이 순간도 쥬드는 물론 클레이조차 강해지고 있을지 모르니까.

그렇게 원주민들에 대한 태도를 결정할 무렵 불현듯 전리품에 대한 생각이 들었다.

'아. 전리품을 확인해야지.'

치호는 전투 중 떠오른 메시지를 다시금 찾아 처음부터 차근차근 읽어 내렸다.

20명이나 처리해서 그런지 쌓여 있는 메시지도 양이 꽤 많아 보였다.

⟨경험치 1,350을 획득하였습니다.⟩

⟨경험치 1,200을 획득하였습니다.⟩

⟨경험치 1,180을 획득하였습니다.⟩

[투사의 발걸음 숙련도가 1 상승합니다.]

[투사의 발걸음 숙련도가 1 상승합니다.]

〈매직 등급 장비를 획득하였습니다.〉

〈경험치 1,480을 획득하였습니다.〉

〈회복 포션(1)을 획득하였습니다.〉

〈경험치 1,180을 획득하였습니다.〉

[레벨 업!]

〈투사 바르시의 펜던트를 획득하였습니다.〉

치호는 기록된 메시지를 읽고 입꼬리가 올라갔다.

테스터를 사냥해서 그런지 레벨업도 단시간에 했을뿐더러 매직 아이템과 포션도 하나 획득했다.

예상치 못한 전투였지만 생각보다 얻은 보상이 커 만족스러웠다.

매직 등급 아이템을 획득했다는 메시지를 발견하고 설레는 마음으로 아이템을 확인하려고 할 때 롭이 치호를 부르며 말했다.

"다 왔습니다. 저기가 루소의 임시 거점입니다."

치호를 부르는 소리에 하던 행동을 멈추고 롭이 가리키는 방향을 향해 고개를 돌렸다.

그곳은 마치 화전민 마을처럼 나무로 만든 조악한 울타리로 둘러싸여 있었다.

하지만 그런 조악한 방어 시설과는 다르게 주위를 경계하 듯 울타리를 돌며 사방을 살피는 이들의 숫자가 꽤 많아 보였 다.

롭이 가리키는 임시 거점을 바라보던 치호가 말했다.

"뭐야. 저건 숨겨져 있지 않잖아. 거점이라며?"

"임시 거점은… 비달란 같은 경우는 숨겨져 있는데 임시 거 점은 말 그대로 임시 거점이라… 그래도 있을 건 다 있으니까 걱정하지 않으셔도 됩니다."

"음… 그래? 그래. 아무튼 수고했다."

치호는 롭에게 수고했다는 말과 동시에 슬쩍 도끼를 꺼내 들었다.

롭은 치호가 도끼를 꺼내 들자 뒷걸음질 치며 잔뜩 긴장한 표정으로 치호에게 물었다.

"도끼는 왜……. 설마… 약속이 다르잖습니까!"

"뭘 새삼스레. 문양이 필요했으면 모를까, 굳이 널 살려둬야 할 이유가 없잖아. 저기 들어가서 네가 쓸데없는 소릴 할지도 모르고. 안 그래?"

첫 번째 테스트 지역에서의 인간들과 달리 이 녀석들은 조 직적으로 움직이고 임시 거점의 경계를 서는 보초까지 있는 걸 보면 임시 거점의 모두가 한패라고 봐도 무방할 것 같았다.

그렇기에 롭을 살려두는 것보다 이 자리에서 깔끔하게 처리하고 가는 게 나을 것 같았다.

치호가 성큼성큼 다가오자 롭은 눈동자가 맹렬히 흔들리더니 무언가 떠올랐다는 듯 힘차게 외쳤다.

"죽음의 서약, 서약을 맺겠습니다! 제발 살려주십시오!"

"뭐? 서약? 그게 뭐야."

"서약을 맺은 자가 서약의 내용을 어기면 그 즉시 서약의 페널티를 받으니까 치호님이 걱정하시는 일은 절대 일어나지 않을 겁니다. 그러니까 제발……."

"호오, 그래? 그건 어떻게 하는 거지?"

치호는 자신이 모르는 재미있는 이야기가 나오자 호기심이 발동했다.

첫 번째 필드에서는 죽음의 서약이라는 단 한 번도 들은 적이 없었지만 이곳에서 언급되는 걸 보면 상점 수정의 물품에 뭔가 새로운 것이 생긴 것 같았다.

치호가 상점 수정에 대해 생각하는 사이 롭이 재빨리 인벤토리에서 종이를 하나 꺼냈다.

그러더니 무언가를 빠르게 휘갈겨 적은 후 재빨리 자신의 피를 몇 방울 떨어뜨리고는 그 종이를 치호에게 건넸다.

"여기 내용을 읽어보시고 치호 님의 피 몇 방울만 종이에 떨어뜨리면 죽음의 서약이 체결됩니다. 그러니……."

치호는 롭이 말을 끝마치기도 전에 롭이 내민 죽음의 서약서를 낚아채듯 건네받아 자세히 살폈다.

일반 종이는 아닌 것 같고 가죽에 가까운 재질이었다.

게다가 서약서에서 뭔가 약 향이 나는 걸 보면 약품 처리까지 완벽하게 끝낸 것처럼 보였다.

그는 쓸데없이 고급스러워 보이는 서약서를 좀 더 관찰했지만 특이점은 보이지 않아 그 안의 내용을 천천히 읽어 내렸다.

[죽음의 서약]

1. 롭은 치호에게 불리하게 적용되는 그 어떤 행동도 일절 하지 않는다.

2. 롭은 치호에게 항상 진실만을 이야기한다.

3. 치호는 위의 내용이 지켜지는 이상 롭의 목숨을 해할 수 없다.

만일 위 명시한 내용을 위반할 시 그 대가를 죽음으로 대신한다.

롭이 짧은 시간에 휘갈겨 쓰느라 항목은 많지 않았지만 적당히 납득할 만한 내용이었다.

죽음의 서약이란 부분과 마지막 죽음으로 대신한다는 문구가 각인되어 있는 것으로 보아 조건만 쓰면 되는 것 같았다.

치호는 가만히 서약의 내용을 보다가 롭을 보며 스킬을 발동했다.

'셸렌의 안목.'

〈기량이 상대보다 높아 셸렌의 안목이 발동됩니다.〉
특성: 뱀의 혀
스킬:
— 안타의 동정: 상대방으로 하여금 동정심을 유발시킨다.

치호는 쥬드 때처럼 자신이 모르는 무언가 때문에 어이없이 당하는 경우를 방지하기 위해 스킬을 발동시켰는데 떠오르는 롭의 스킬과 특성을 보고 흥미가 돋았다.

어쩌면 자신이 롭을 살린 이유가 스킬이 발현되었던 것인지도 몰랐다.

"재밌군. 좋아, 서약을 맺지."

롭의 특성과 스킬을 보고 한번 피식 웃고는 치호는 망설임 없이 손가락에 작은 상처를 내 피 몇 방울을 서약서에 떨어뜨렸다.

서약의 내용은 치호에게 그다지 중요하지 않은 것인지 그 내용의 허와 실을 간파할 시간조차 두지 않는 그 모습은 서약서의 내용에 비해 다소 성급하게 서약을 맺는 듯 보였다.

치호의 피가 떨어지는 순간 죽음의 서약서는 푸르게 빛나더니 한순간에 재가 되어 사라졌다.

[롭과의 죽음의 서약이 체결되었습니다.]

떠오른 잠깐의 메시지와 함께 죽음의 서약서에 명시한 내용이 치호의 눈앞에 아른거리는 메시지로 옮겨 오는 것을 보면 확실히 어떤 식으로든 효과가 있는 것이 틀림없다.

"이제 된 건가?"

"휴우, 감사합니다. 이제 서약이 맺어졌……."

죽음의 서약이 맺어졌다는 롭의 말이 끝나기도 전에 치호가 도끼를 추켜올려 그대로 롭의 머리를 찍어 내렸다.

전혀 예상하지 못한 타이밍에 들어온 치호의 공격에 숨이 끊어진 롭의 얼굴에는 안도의 표정이 지어져 있는 것으로 보아 자신이 죽은 줄도 모르고 숨이 단숨에 끊어진 것 같았다.

〈경험치 1,280을 획득하였습니다.〉

[죽음의 서약을 위반하여 그 대가를 지불합니다. 대가는 위반자의 목숨입니다.]

메시지가 떠오르자 치호는 슬쩍 미소를 지었다.

'그래. 가져가, 내 목숨.'

치호가 원하는 대로 상황이 흘러가는 듯했다. 롭에게 죽음의 서약이라는 것을 들었을 때 흥미가 동한 것은 사실이지만 그 세부 내용을 듣고 그냥 흥미로 끝낼 수가 없었다. 반드시 확인해야 할 것이 있었다.

죽음이라는 것에 대해.

게다가 롭의 스킬과 특성을 파악한 후 녀석을 살려둘 마음이 들지 않았다.

녀석의 특성을 보면 계약 내용을 어떻게 비틀어 자신을 곤란하게 만들지 몰랐고 또한 녀석의 스킬이 가진 가능성도 너무 위험하다. 막연한 동정심이라니.

인간의 감정을 조절하는 스킬이 있을 줄 상상도 못 했던 치호는 그 스킬을 보고 등골이 오싹해지는 느낌을 받았다.

언제나 감정 조절이 절실한 자신에게 있어 롭의 스킬은 위험한 스킬이다.

그런 여러 가지 위험성을 가진 녀석을 굳이 살려둘 필요를 느끼지 못했기에 과감하게 결단을 내린 것이다.

'효과가……'

"끄윽."

치호는 효과가 나타나길 기다렸는데 그 생각이 끝나기도 전에 무엇인가가 심장을 조이는 듯한 느낌이 들었고 이내 치호의 사고가 끊겼다.

동시에 치호는 자신이 죽인 롭의 사체 곁에 그대로 몸을 뉘었다.

다만 롭과 치호 사이에 차이가 있다면 롭의 사체는 검은 재로 변해 점점 사라지고 있었고, 반면 치호의 사체 주변에는 검은 연기가 피어오르기 시작했다는 점이 달랐을 뿐이었다.

제3장
하만의 진료소

"쿨럭쿨럭… 또 실패인가…….."

검은 연기가 섞인 기침을 토해내며 치호가 깨어났을 때 제일 먼저 드는 생각은 다시금 실패했다는 생각뿐이었다.

그대로 깨어나지 않았으면 좋으련만.

위반의 대가를 죽음으로 대신한다는 구절을 보았을 때 이곳의 기묘한 힘이라면 어떻게든 가능하지 않을까 하여 시험해봤지만 여전히 실패였다.

소멸의 단 이후 처음 느껴보는 약간의 희망이 맥없이 무너지자 치호는 실망감이 꽤 컸다.

하지만 이런 실패의 경험은 수도 없이 많아서 얼른 마음을 다잡았다. 그래도 치호의 마음이 편치만은 않았다.

"후… 그런데 여긴."

대충 감정을 정리하고 주변을 둘러봤을 때 자신이 쓰러졌던 숲속이 아닌 낯선 장소였다.

푹신한 침대도 있었으며 지붕도 있었다. 은은하게 약 향이 나는 것을 보면 어딘가의 의원인 것 같았다.

아마도 숲에 쓰러져 있던 치호를 누군가가 이곳으로 이동시킨 것 같았다.

주변에 치호를 구속할 만한 장치가 없는 것으로 보아 딱히 적의를 가지고 자신을 데려온 것은 아닌 것 같았다.

"흠……."

치호가 주변을 둘러보고 있을 때 누군가가 문을 열고 들어왔다.

"깨어났나 보군. 클클, 그래 몸은 좀 괜찮나?"

문을 열고 들어와 치호에게 말을 건 이는 나이가 지긋해 보이는 한 노인이었다.

노인은 푸근한 미소로 치호를 안심시키려는 듯했다. 그럼에도 불구하고 치호는 경계를 풀지 않고 노인을 탐색했다.

"은인한테 언제까지 그렇게 눈을 치켜뜨고 있을 텐가? 클클, 그렇게 경계할 것 없네. 어차피 난 이제 테스터도 아니고 그저 힘없는 노인네일 뿐이니까. 난 하만이라고 하네. 자네는 이름이 어떻게 되나?"

하만이라고 자신을 소개한 노인과 적당히 인사를 나누고 이야기를 해보니 역시 자신이 추측했던 것이 맞았다.

숲에 쓰러져 있는 치호를 루소의 임시 거점에서 진료소를 운영하고 있는 하만이 약초를 캐러 갔다가 발견하고 데려온 것이다.

"자네 다행인 줄 알아. 혹여 테스터가 자네를 먼저 발견했으면 자네는 눈도 떠보지 못하고 그대로 경험치가 됐을 거네. 클클."

"음… 고맙소. 그럼 주민이오?"

"그렇지. 이 나이 먹고 테스터 질은 이제 못하지. 클클."

"한데 진료소라니. 회복 포션이 있는데 진료소가 무슨 필요가 있어서 이런 험한 데까지 와서 진료소요? 진료소가."

치호는 노인을 상대함에 있어 자신보다 한참이나 어렸지만 적당히 반존대를 사용했다.

외견상으로 봤을 때 그것이 어울렸기 때문에 예전부터 하던 습관이 나왔다.

다만 그 의미가 제대로 상대에게 전달될지는 미지수였다. 썩 나쁘게 반응하지 않는 걸 보면 적당히 의미가 잘 전달되는 것 같았다.

"자네 여기 온 지 얼마 안 되는 모양이구만. 그런 소리를 하는걸 보면 말이야."

"그건 또 무슨 소리요?"

"포션 가격을 생각하면 쉽게 사용 못 하지. 뭐 이 필드에서는 첫 번째 필드보다 돈이 좀 더 쉽게 벌리는 모양이긴 하다만 그래도 부담되는 건 여전하단 말이네. 그러니 애매한 상처가 나면 진료소를 찾는 게지."

"아아, 그렇소? 그 생각을 못했군. 한데 나이도 자실 만큼 자신 양반이 무슨 부귀영화를 누리겠다고 여기까지 와서 고생이오? 비달란이란 거점이 있다고 들었는데 거기서 안전하게 지내는 게 더 낫지 않소?"

"하아. 그걸 누가 모르나? 이게 다 루소 때문이네. 아니지, 내 업보지, 업보야."

"루소?"

치호가 의문을 표하자 하만이 천천히 이야기를 시작했다.

"그렇네. 이 거점의 주인이 바로 루소지. 그 친구도 처음부터 그러지 않았는데 너무 변해 버렸어. 아니, 어쩌면 나 때문에 변해 버렸는지도 모르겠군. 쯧쯧."

하만은 혀를 차며 옛 생각에 빠졌는지 눈을 지그시 감았다.

잠시 생각을 정리하는 듯하더니 이어서 말을 이었다.

"루소와는 첫 번째 필드부터 함께한 사이라네. 사실 처음 만났을 때부터 나이도 비슷했고 통하는 바도 많아서 금세 친해졌거든, 끌끌. 그 이후로 우리는 함께 행동하면서 이 필드란 곳에 천천히 적응하기 시작했지. 서로 끌어주고 밀어주고 하면서 말이야. 그러다 보니 이 두 번째 필드까지 오게 된 거라네."

"그럼 사이가 좋은 거잖소. 여기까지 따라온 걸 보면 말이오."

"그땐 그랬지. 내가 그 퀘스트만 받지 않았어도 말일세. 몇 번을 생각해 봐도 그런 걸 받는 게 아니었어."

"퀘스트? 뭘 받았길래……."

하만은 치호의 물음에 후회가 섞인 씁쓸한 표정을 지으며 잠시 고민하더니 말을 이었다.

"흠… 이 임시 거점에서는 딱히 비밀도 아니니 자네에게 말해도 상관없겠지……. 그냥 이상한 노인네의 푸념이라 생각하고 들어주게."

"거 노인네 하고는. 걱정 말고 어서 말해보시오."

"자네는 첫 번째 필드와 이곳 두 번째 필드의 가장 큰 차이점이 뭐라고 생각하나?"

"퀘스트를 물었더니 뭔 뜬금없는 소리요? 차이점이라니."

"끌끌, 보통 테스터들은 그렇게 생각하기 마련이지. 다들 각자의 목표를 가지고 다음 필드를 향해 달리는 부나방 같은 존재니까. 그 끝에 뭐가 있는지도 모르면서도 말이지."

"각자가 생각하는 바는 다를 수 있으니까. 어쩔 수 없는 것 아니겠소?"

"그렇긴 하네만……. 어쨌든 첫 번째 필드와 두 번째 필드의 가장 큰 차이점은 바로 자원이라네, 자원. 첫 번째 필드에서는 식량조차 구하기 힘들었던 반면 이곳에서는 나무에서 열리는 열매들로도 충분히 생활이 가능하지. 비달란 같은 거점에서 머무를 필요가 없어진 게야. 거기다 지구처럼 인간의 몸에 이로운 효과를 내는 약초도 많이 있더군. 아직 그 효용을 제대로 다 밝혀내지는 못했지만 말일세."

이후에도 이어지는 하만의 이야기는 치호에게 흥미를 끌어내기 충분했다.

즉, 이야기를 정리해 보면 루소와 함께 처음 이 필드에 도착했을 때 다른 이들처럼 레벨을 올리며 다음 필드를 향해 목표를 잡았다.

하지만 하만은 이곳에서 자라는 약초의 효용과 신묘함을 깨닫기 시작했고 루소와 달리 약초 연구에 매진하기 시작했다.

하만은 사냥 자체를 처음부터 즐기지 않았던 기질 때문에 점점 사냥보다 새로운 약초를 발견하고 그것을 실험하는데 더 흥미를 가졌으나 루소는 하만과 달리 계속해서 사냥을 하고 자신만의 세력을 일구기 시작했다.

그래도 둘은 여전히 서로 친하게 지냈다. 하만이 약초 연구에 몰두할 때 오히려 그를 북돋아주고 재료비나 연구에 필요한 약초를 직접 찾아주기도 하였으며, 하만 역시 루소가 다치거나 기력이 달릴 때 도움이 되는 약초를 개발해서 건네는 등 서로 사이가 나빠질 만한 일은 없었다.

하만의 약초 연구는 그렇게 루소의 도움 아래 별다른 어려움 없이 이어지던 어느 날 하만에게 히든 퀘스트 하나가 떠올랐다.

[역행의 비약을 제조하라.]

일정 수준의 약초에 대한 지식이 쌓이자 히든 퀘스트의 조건에 부합되었는지 다시 젊음을 되찾을 수 있는 비약을 제조하라는 퀘스트가 불현듯 하만에게 떠오른 것이다.

이 퀘스트를 보고 흥분한 하만은 루소에게 이 사실을 말하고 자문을 구했다.

약초 연구에만 몰두했던 하만에게는 버거운 퀘스트였기 때문에 루소를 찾아간 것이다.

"내가 실수한 게야. 그때 그 히든 퀘스트를 말하는 게 아니었는데… 끌끌."

"흉악한 퀘스트잖소, 그거."

치호에게 있어 역행의 비약이란 것은 흉악해 보이는 물건이었다.

대충 느낌상 수명을 늘려주거나 젊었을 때로 돌아가게 해주는 물건 같은데 어느 쪽이라도 치호에게는 크게 다르지 않았다.

찡그린 치호의 표정을 보고 하만이 말을 이었다.

"흉악? 끌끌, 맞는 말이네. 자네가 나보다 낫군. 그때는 몰랐지. 나도 히든 퀘스트라는 말에 설레었으니까. 얼마나 멋진가. 역행의 비약이라니."

"그래서 이곳에 나와 있는 거요?"

"아니지. 아니야. 그 퀘스트는 이미 성공했다네. 역행의 비약을 제조했지."

"성공했다고?"

"그렇지. 하나 문제는 그 이후부터네. 루소가 그 약을 훔쳐 마신 게지. 그리고 젊음을 되찾은 루소는 변했어. 끝없는 탐욕의 화신으로 탈바꿈하더군."

"흠……."

"젊어진 루소는 그 비약을 몇 병이고 만들고 싶어 했지. 하나 어디 그게 쉬운가? 재료가 없는데 말이야. 첫 번째 비약을 제조할 당시 핵심 재료인 라플렌의 꽃잎은 퀘스트를 하면서 얻었으니 말일세."

"역행의 비약이라⋯⋯."

"그 이후 루소는 원주민들이라면 라플렌의 꽃이 있는 곳을 알 것이라며 그들을 추적했고 여기까지 오게 된 게지. 루소가 그들을 잡아 죽이는 모습을 보면 모든 게 나 때문에 일어난 것 같아 마음이 찢어지네⋯⋯. 다 내 죄네, 내 죄야. 끌끌끌."

하만은 그렇게 말하고는 한동안 아무 말이 없었고 둘 사이에는 무거운 침묵이 내려앉았다.

하만이 그 분위기를 깨려는 듯 가볍게 이야기했다.

"다 늙어서 쓸데없는 소리를 다했군. 혹여 루소를 만나더라도 늙은이 취급은 말게. 그 녀석이 그걸 제일 싫어하거든. 멍청한 녀석. 제 수명대로 사는 것이 축복인 것을 왜 몰라⋯⋯. 아무튼 이제 자네 이야기나 좀 들어보지. 거기엔 왜 쓰러져 있던 건가?"

치호는 적당히 일을 꾸며내 인솔자에게 낙오되어 방황하다가 정신을 잃었고 정신을 차리고 보니 이곳이었다고 대충 이야기했다.

"흠… 그랬군. 자네도 고생이 이만저만이 아니야. 그러나 젊어서 고생은 사서도 한다고 했으니 너무 고깝게 생각하진 말게. 한데… 이 근처에 발보아에서 통하는 통로가 있었던가? 요즘엔 발보아 출신이 간간히 보이는군. 자네도 그렇고 말이네."

"목숨 내놓고 사서 고생하게 생겼소? 무슨 농담을 그렇게 하오. 그런데 나 말고 발보아 출신이 또 있다고?"

치호는 자신 외에 발보아 출신이 또 있다는 소리를 듣고 흥미가 동했다.

비록 자신이 발보아에서 많은 사람들을 알고 지내진 못했어도 동향이라니 관심이 가는 건 어쩔 수 없었다.

거기다 자신은 처음부터 이 근처에서 시작을 했지만 발보아 출신이란 녀석은 멀리서부터 왔을 것이 틀림없다.

그렇다면 숲을 지나왔다는 뜻인데 그것은 그만큼 실력도 있을 테고 이곳에 대한 정보도 많이 알고 있을 가능성이 높았다.

"그렇다네. 한 달쯤 됐을까? 어디서 듣고 왔는지 몰라도 역행의 비약에 대해서 묻더군. 큰 비밀도 아니니 이야기 해줬지. 한데 이놈이 별다른 이야기도 없었는데 정보료라고 10골드나 내놓더란 말이네. 받을 수 없다고 해도 기어코 놓고 가는 게야. 내 레시피는 최고라면서 말이네. 본적도 없는 놈이 레시피 어쩌고 하길래 별 희한한 놈이다 생각했던 기억이 있네."

"실력은 좀 있게 생겼소?"

"글쎄… 그냥 평범했지. 뭐 특이한 점이라면 온몸에 장비를 붙이고 다닌 것? 지구에서의 고향이 숲 인근이었는지 장비가 아주 철저하더군. 숲을 잘 아는 녀석이었다네. 끌끌."

"어디로 간다는 말은 없고?"

"왜 찾아가 보려나? 흠… 그때 원주민 어쩌고 하면서 루소를 찾아간다고 했던가……. 기억이 가물가물하군."

치호는 하만의 이야기를 듣고 허리를 바로 세워 자세를 고쳐 잡았다.

하만의 레시피, 온몸에 장비를 붙이고 다니는 베테랑, 그리고 발보아 출신. 문득 떠오르는 인물이 있었다.

"혹시 이름을 말했소?"

"음… 뭐라고 했는데… 쥬……."

"쥬드?"

"옳지! 그래, 그 이름이었네. 자네가 아는 친구인가보군. 어쩐지 같은 발보아 출신이라 혹시 했네만, 끌끌."

"알지. 잘 알고말고. 내가 큰 빚을 졌소, 이전 필드에서. 그래서 이번 필드에서는 그 빚을 꼭 갚아주려고."

쥬드의 대해서 말하는 치호의 얼굴에는 보는 이를 편안하게 만들 만한 아주 행복한 미소가 피어 있었다.

그 모습을 보고 하만은 오해했는지 치호를 칭찬하며 말했다.

"자네, 보기보다 의리를 아는 친구로군그래. 이전 필드에서 빚을 잊지 않고 갚을 생각을 다 하다니. 사람들이 다 자네처럼만 같았어도 서로 죽이는 일은 잘 일어나지 않았을 텐데…… 아쉽군, 끌끌끌."

하만은 치호의 마음속을 아는지 모르는지 연신 치호를 칭찬하며 웃음 지었다. 치호도 하만을 따라 미소가 절로 지어졌다. 하만의 진료소에는 그렇게 웃음이 끊이질 않았다. 서로가 품은 감정은 서로 다를지라도 말이다.

치호는 가벼운 마음으로 자리를 털고 일어났다.

이야기를 다 듣고 나니 그저 진료소를 운영하는 일개 주민인 줄로만 알았던 하만이 새삼 다시 보였다.

자신의 몸을 제압할 때 쥬드가 사용했던 그 약의 레시피가 하만의 것이었다니.

첫 번째 필드에서의 상황을 보면 재료를 구하기도 힘들 것인데 그 열악한 상황 속에서도 그만한 효과를 내는 약의 레시피를 구상한 걸 보면 하만의 지식이 범상찮을 것이 틀림없다.

히든 퀘스트를 받았다고 했을 때 예상은 했지만 생각보다 더 실력이 뛰어난 노인네인 것 같았다.

"하만 영감, 좋은 얘기 잘 들었소."

"아닐세, 끌끌. 간만에 말동무가 생겨서 나도 즐거웠네."

치호가 적당히 인사를 하고 진료소를 나서려고 할 때 선반 위에 먼지가 쌓인 책들이 보였다.

필드에서 처음으로 책을 발견하자 호기심이 들어 물었다.

"영감 저건 무슨 책들이오?"

"저거? 내가 이곳 약재에 관해 적어둔 거라네. 테스터들한테 도움이 될까 해서 준비했는데 영 반응이 시원치 않아. 끌끌. 뭐 그네들이야 관심이나 있겠나."

"호오. 그렇소?"

"애초에 의학적 지식이 없으면 알아보기도 쉽지 않아서 도통 찾는 이가 없어."

치호는 가만히 쌓인 책들을 몇 권 집어 들어 내용을 쭉 훑었다.

책에 기술되어 있는 것들은 약효나 약리까지 의외로 상세하게 기술되어 있어 꽤나 쓸 만해 보였다.

"이거 내가 구매해도 되겠소? 나도 의원질은 좀 해봤으니까 걱정 마소."

"응? 자네가 의원이었다고? 그렇게는 안 뵈는데?"

"사람이 생긴 걸로 사람 고치오?"

"자네 말이 맞지. 그럼 그것보다 이걸 가져가게. 내가 엄한 놈 주워 와서 밑천까지 다 털리는구먼그래. 끌끌."

하만은 툴툴거리면서도 빠른 걸음으로 어디선가 책 한 권을 들고 왔다.

가져오면서도 연신 끌끌거리는 걸 보면 기분이 좋은 모양이었다.

"여기 있네. 내가 최근 집필한 책이네. 저기 있는 것들보다 좀 더 쓸 만할 걸세."

"한데 이런 것 막 팔아도 되는 거요? 귀해 보이는데."

하만이 가져온 책은 선반에 있는 책과는 달리 두께 자체가 달랐고 책에 들인 정성이 보통이 아닌 것이 함부로 굴릴 책은 아니었다.

"알아보는 녀석한테나 귀하지. 테스터들에게는 휴지 조각보다 못한 게야. 그래도 말년에 내 마지막 작품을 알아보고 귀하다고 말해주는 이가 있으니 이보다 더 좋은 일이 있을까."

"값을 얼마나······."

"됐네. 자네도 의원질 좀 했담서? 그저 거기 있는 내용을 익혀 한 사람이라도 살리면 그만인 게지. 나도 오늘내일하는 나이네. 먼 길 가기 전에 이 책의 임자가 나타난 것만 해도 난 만족일세. 끌끌, 내가 죽으면 이것들이 어찌되나 싶었는데 그래도 한시름 놨군."

하만은 어쩌면 자신의 삶의 궤적을 알아보고 그것을 사용할 수 있는 사람을 지금까지 기다려 왔던 걸지도 모른다.

인구가 좀 더 많은 비달란의 거점에서라면 하만을 알아보고 배우려는 제자가 있었을지도 모르지만 이런 임시 거점에서는 그마저도 힘든 모양이다.

그 와중에 치호가 나타났으니 기다렸다는 듯이 책을 넘긴 것이다. 사람은 언제나 무언가를 남기고 떠나길 원하니까.

"고맙소 영감. 내 이거 잘 쓰겠소."

"기회가 된다면 좀 널리 알려주게나. 한 놈이라도 더 많이 알면 한 사람이라도 더 살지 않겠나? 끌끌."

"하하. 그런 건 걱정 마시오."

치호는 하만과 약간의 대화를 더 나눈 후 진료소를 나섰다.

한 손에는 하만의 책이 들려져 있었다. 나오면서 책을 대충 훑어봤더니 깨알 같은 글씨로 빼곡하게 적힌 것이 대충 읽을 만한 것은 아니었다.

시간을 내서 따로 읽어야 할 것 같았다. 그 분량이 엄청났으니까. 그렇게 생각하고 책을 인벤토리에 넣었을 때 메시지가 떠올랐다.

[치료사 하만의 마스터 피스를 획득하였습니다.]

'마스터 피스라······.'

떠오른 메시지를 보고 치호는 쓴웃음을 지었다.

하만의 말대로 어쩌면 이 책을 마지막으로 더 이상의 집필 활동을 못하는 것인가 하는 생각이 잠시 스쳤지만 어쩔 수 없는 일이다.

치호가 해줄 수 있는 일은 그저 이 책의 내용을 좀 더 널리 알려주는 일뿐.

'생각보다 얻은 게 많아.'

치호는 임시 거점을 돌아보며 하만과 했던 이야기들을 정리 했다.

예상치 못한 곳에서 얻은 게 많았다. 무엇보다도 쥬드의 꼬 리를 잡았다.

두 번째 필드에 넘어오면서 녀석을 어떻게 잡아야 할까 고 민했었는데 생각 외로 일이 잘 풀리는 것 같았다.

'그런데··· 녀석이 왜 역행의 비약에 대해 물은 거지? 단순히 나중에 쓰자고 그것에 관심을 보인 건 아닐 테고······.'

녀석은 회귀자라고 했다.

그렇다면 쥬드가 회귀를 몇 번이나 했는지 몰라도 수명에 관해서 그렇게 집착을 할 리가 없었다.

그런 녀석이 그런 단순한 이유로 역행의 비약에 관심을 가 진다는 것은 생각하기 힘들었다.

한동안 거점을 걸으며 쥬드가 역행의 비약에 관심을 가지는 이유에 대해 생각을 했지만 아무리 생각해도 녀석이 그 물건이 필요한 이유를 쉽게 추측할 수가 없었다.

한참을 고민해도 실마리가 보이지 않자 단순히 생각하기로 했다.

얼마 되지 않는 시간에 쥬드가 이곳까지 와서 먼저 행동했다면 반드시 필요한 것이 틀림없었다.

그렇다면 이유가 어찌되었든 다음 목표는 역행의 비약이 될 확률이 매우 높으니 하만이 말한 라플렌의 꽃을 노릴 것이다.

하만은 라플렌의 꽃에 대한 존재 자체를 회의적으로 바라보지만 녀석이 노린다면 반드시 존재할 것이다.

녀석은 회귀자니까 말이다.

아직은 그게 어디 있는지는 모르지만 쥬드보다 먼저 차지하고 기다리면 녀석은 알아서 찾아오게 되어 있다.

녀석도 정보를 모으는 것을 보면 아직 정확한 위치는 모르는 것 같으니까.

'쥬드. 너무 마음을 풀고 다니는 것 아니야? 널 위해 깜짝 선물을 준비해 주지. 서둘러 움직여야겠어.'

치호가 앞으로의 행보를 생각하니 허투루 보낼 시간이 없다.

녀석과의 전투를 대비해 레벨도 올려야 할 것이고 라플렌의 꽃을 찾기 위한 단서도 찾아야 할 테니 쉴 틈 없이 움직여야 할 것이다.

'제길, 간만에 급하게 움직이려니 정신없군. 메시지에서는 직업도 얻으라고 했는데……'

할 일이 계속 밀리는 듯한 느낌이 들자 점점 조급해지는 마음이 들었다.

예상치 못하게 쥬드의 정보를 얻어 일이 급박하게 돌아가는 탓이었다.

하지만 치호는 이런 기분이 그리 나쁘지 않게 느껴졌다. 치호에게 급하게 움직여야 할 일은 지구에서도 그리 없었으니 오랜만에 느끼는 이 감정을 충분히 즐겨도 될 것 같았다.

잠시 감정을 음미하며 생각을 정리하고 있을 때 저 멀리 사람들이 옹기종기 모여 있는 것이 보였다.

자세히 들여다 보니 장터가 열린 것 같았다. 이곳은 임시 거점이라 그런지 상점 수정이 없어서 이런 식으로 사람들끼리 교환을 하거나 물건을 내다 파는 식으로 필요한 것을 수급하는 모양이었다.

치호에게 이런 광경이 상점 수정보다 더 익숙했기에 어딘지 모르게 마음에 들었다.

다만 상점 수정에 새로운 물품이 생긴 것 같았는데 그것을 확인하지 못해 조금 아쉬울 따름이었다.

'임시 거점이 좀 더 사람 사는 맛이 나는군. 일단 정비부터 해야겠어. 그러고 보니······.'

"인벤토리."

치호는 전투에서 얻은 매직 등급 아이템을 확인하기 위해 인벤토리를 열었다.

일전에 롭이 방해하는 바람에 확인하지 못했기 때문에 정비하기 전에 가지고 일단 가지고 있는 장비를 확인할 필요가 있었다.

〈회수의 투척 단검 ― 매직 등급〉

― 공격력: 105

― 단검. 폼멜의 특수 장치 속 와이어를 이용해 투척 후 빠르게 회수할 수 있다. 단 사용법이 까다로워 숙련되는 데 시간이 필요하다.

― 특수 효과: 민첩 +12,

― 내구도: 31/31

설명을 보고 자세히 살피자 단검의 손잡이 끝부분에 뭔가 볼록 튀어나와 있는 것이 눈에 보였다.

그 부분을 잡아당기자 와이어가 함께 쭉 빠져나왔다.

'흠. 이런 식이군.'

치호는 대충 사용법에 대해 감을 잡고 도끼와 단검을 양손에 쥐고서 스테이터스 창을 열었다.

〈스테이터스 상세〉

— 종족(격): 인간(일반 테스터 — 개척자)

— 이름: 황치호 (Lv. 11)

— 특성: 불사의 괴인 [???]

— 직업: (미정)

— 기본 능력 (미지정 포인트 +10)

근력: 60[+18 +10%] 〉 86

지구력: 10[+198, +20%] 〉 250

민첩: 10[+48, +10%] 〉 64

마력: 10[+32, +10%] 〉 46

기량: 10[+161, +10%] 〉188

— 추가 능력: 이동 속도 +12%, 세 번째 충격 시 +100% 대미지, 저항력 +25%

— 획득 칭호: 카미유 학살자, 고독한 사냥꾼, 종의 운명 결정자, 자이언트 킬링(1), 마지막 비원을 이룬 자(1)

무기를 두 개 들었으니 두 가지 특수 효과가 중첩되는 것인가 하고 실험해 봤으나 특수 효과가 중첩되지는 않았다.

'아쉽기는 하지만… 보조 무기로 쓸 만하겠어.'

단검의 공격력이나 특수 효과가 크게 쓸 만해 보이지 않아 실망감이 좀 들었지만 그래도 보조 무기로는 손색이 없는 아이템이었다.

이어서 치호는 스킬을 점검했다. 〈투사의 발걸음〉은 숙련도가 8이 되었고 스킬 변환창의 수치는 91%까지 올라가 있었다.

'스킬 변환이라는 건 대체 뭐기에 이렇게 시간이 오래 걸려?'

스킬 변환을 걸어둔 지가 꽤 된 것 같은데 아직까지 변환이 되지 않은 걸 보면 오래 걸려도 너무 오래 걸리는 것 같았다.

하지만 이제 91%니 곧 있으면 무엇인가 결말이 나도 날 것이다. 치호는 스킬까지 모두 점검하고 본격적으로 필요 물품을 구매하려고 할 때 뭔가 낯익지만 불쾌한 풍경이 눈에 들어왔다.

제4장
인간 사냥꾼

치호의 눈에 들어온 것은 숲속에서 만났던 이들과 비슷한 차림을 한 사람들에게 목줄을 채워 줄줄이 끌고 다니는 광경이었다.

　과거에도 수없이 많이 봤던 광경이라 그다지 새삼스러울 것도 없는 것이지만 단지 그런 모습을 이 테스트 필드에 와서 다시 보게 될 줄은 몰랐다는 게 문제였다.

　'노예라… 하긴 적당한 먹잇감들이 있지. 원주민이라는.'

　문명의 탈을 쓰고 현대인인 척 했지만 극한의 상황에서 부딪히자 다시금 노예라는 편리한 제도를 사용하는 것 같았다.

거기다 자신들은 테스터라는 좋은 허울도 있으니 자신은 그들과 다르다는 차별화를 두는 명분도 섰을 테고 스스로의 도덕적 잣대를 방어해 줄 좋은 방패를 얻은 셈이다.

'쌓는 건 힘들어도 무너지는 건 한순간이라더니… 쯧.'

지난번 숲에서 만난 이들도 그렇고 지금 저 녀석들까지 너무나 쉽게 인간들이 그간 노력해 쌓아 올린 것들을 무너뜨리는 것이 아닌가 하는 생각이 들어 아쉬울 따름이었다.

노예 제도란 것이 처음 나타날 때부터, 아니 그 비슷한 것이 나타날 조짐의 시작부터 그 제도의 몰락까지 지켜봐 온 치호로서는 딱히 그들을 제지하고 싶지도, 권하고 싶지도 않았다.

어쩌면 두 세력이 싸우는 이 상황, 아니 사냥당하는 이 상황에서는 자연스러운 광경일지도 모르니까.

'안쓰럽지만… 목숨은 부지할 수 있을 거다. 노예로 사는 걸 오히려 편하게 여기는 녀석들도 있었고.'

원주민들이 목숨을 부지하기 위해서는 오히려 이 제도가 나쁘다고만 할 수 없다.

누군가가 소유권을 주장하기 시작하면 그들을 보호해 줄 최소한의 방패막이 생기게 되는 셈이니까.

물론 스스로가 스스로를 보호했다면 좋았을 테지만 이미

잡혀온 다음에야 어쩔 수 없다.

그렇지만 치호에게는 어떤 이유를 대더라도 불쾌한 광경이다.

사람이 사람을 사고판다는 것 자체가 마음에 들지 않았다.

도대체 무슨 자격으로 그런 행위를 하는 건지 치호로서는 도무지 납득하기 힘들었다.

딱히 노예를 구매할 의사가 없는 치호가 애써 고개를 돌리고 시장을 둘러보려고 할 때 원주민을 끌고 온 녀석에게 무시할 수 없는 외침이 들렸다.

"자자. 신선한 경험치가 왔습니다. 잠시 후 경매가 열릴 것이니 경험치가 부족한 분들은 돈들 준비들 하십쇼! 크크. 남자부터 여자, 어린놈까지 취향대로 다 있으니까 돈만 들고 오면 경험치도 채우고 재미도 보고 일석이조! 선구매도 가능하니까 생각 있으신 양반은 따로 날 따라 오시고."

녀석의 말을 듣자 치호는 가던 걸음을 멈추고 그 자리에 그대로 얼어붙었다.

치호가 생각하는 것과는 전혀 다른 일이 벌어지고 있는 것 같았다.

'경험… 치?'

치호는 자신이 방금 들은 소리를 잘못 들었나 싶어서 저들에 관하여 물을 요량으로 대충 눈에 띄는 상점에 들어갔다.

슬쩍 보니 잡화 상점인 것 같았다.

"요란 상점에 오신 걸 환영합니다! 없는 것 빼고 다 있으니까 둘러보시고 궁금하신 게 있으면 이 요란을 불러주십쇼."

"여봐, 하나만 묻지."

"예예, 말씀만 하십쇼."

"저 녀석들은 뭐지? 노예 상인인가?"

"아, 이곳에 처음 오셨습니까? 처음보시면 좀 당황스럽긴 하실 텐데 노예는 아닙니다. 뭐 노예가 필요나 하겠습니까. 어차피 다음 필드에 데려갈 수도 없는데 말입죠."

"그럼?"

"뭐 경험치가 부족하다 싶으면 사는 거죠. 괴물 잡다 죽는 것보다는 안전이 최우선 아니겠습니까? 돈만 있다면야… 편하게 레벨 올리려면 저만 한 게 없죠. 거기다 반반한 계집이면 질릴 때까지 즐기는 건 덤이구요. 저도 처음엔 거북했는데 보다 보니까 그냥 그러려니 합니다."

치호는 상인의 말을 듣고 점점 얼굴이 딱딱하게 굳어졌다. 아까 들었던 것이 잘못 들은 게 아니었다.

들으면 들을수록 기가 차는 대답에 치호가 차분히 요란에게 말했다.

"요란. 혹시 모두가 같은 생각인가? 임시 거점에 있는 사람들 모두?"

나지막하게 이야기하자 요란은 문 밖으로 고개만 살짝 내밀어 주위를 둘러보고는 치호에게 말했다.

"손님, 그런 소리 마십쇼. 그럴 리가 있겠습니까? 어휴, 말이 나와서 하는 얘기지만 저치들 고깝게 보는 이들이 한둘이 아닙죠."

"그런데 어째서 저걸 그대로 두지?"

"왜긴요. 저치들 루소 패거리 아닙니까. 루소가 뒤에서 밀어 주는데 괜히 나섰다가 쥐도 새도 모르게 죽어 나갈 뿐입죠."

"루소?"

"예. 무슨 비약인지 뭔지 찾는다고 아주 원주민들 잡아들이는데 혈안이 되어 있어 가지고는… 뭐 테스터 입장에서야 어차피 다음 필드로 가면 그만이니 굳이 부담 가질 필요 있습니까? 거기다 저 짓을 계속하는 것 보면 모르겠습니까? 어찌됐든 구매를 하는 미친놈들이 있으니까 저 짓을 계속하는 거죠. 에휴."

요란의 말을 종합해 봤을 때 모두가 동조하는 건 아닌 것 같아 그나마 다행이었다.

다만 루소 패거리라 다른 테스터들도 함부로 건드리질 못하고 애써 고개를 돌리고 못 본 척하는 것 같았다.

'하긴 제 목숨이 중한데 나서기 쉽지 않을 테지. 한데 루소라… 그 상판대기 한번 봐야겠어. 노예? 노예는 양반이네. 씨팔. 지랄을 하시는구만. 큰 오해를 할 뻔했어. 아주.'

차라리 노예라는 이름으로 그들을 보호라도 했다면 모를까 처음부터 사람을 죽이기 위해 사고판다는 것은 납득할 수 없다.

이유가 이따위 정체도 불분명한 경험치를 위해서라면 더더욱.

가끔 가다가 인간이 제 스스로 격을 떨어뜨리는 그런 행위를 하고 있는 걸 보면 도무지 참을 수가 없었다.

치호는 인간처럼 죽고 싶어 발버둥치는데 인간들이 저런 말도 안 되는 짓을 하는 걸 보면 그들처럼 죽고 싶어 하는 자신을 조롱하는 것처럼 느껴져 도무지 참을 수가 없었다.

게다가 인간이 이런 짓까지 해버리면 인간처럼 죽고 싶어 하는 자신이 너무 비참하게 느껴져 도저히 그냥 지나칠 수가 없었다.

루소의 이런 미친 짓을 보고도 하만이 따로 언급하지 않은 것을 보면 옛정을 생각해서 적당히 순화시켜서 말한 것 같았다.

치호는 속으로 여러 가지 생각을 하면서 요란의 상점에서 대충 필요한 것들을 몇 가지를 구매하고 상점을 나섰다.

"이용해 주셔서 감사합니다! 한데 손님, 아까 제가 한 얘기는……."

"아아, 걱정 마. 누구한테 떠벌리고 다니진 않을 테니까."

"예, 뭐 저도 여기서 계속 장사하는 처지라 별 수 있겠습니까? 전 주민인데요. 에휴. 이런 꼴 안 보려면 무리해서라도 그냥 다음 필드로 갔어야 하는 건데 말입죠. 그래도 비달란에서는 저런 놈들 없으니까 손님도 영 불편하시면 그쪽에서 활동하시는 게……."

요란은 평소에도 저런 모습을 보고 그냥 있던 것이 내심 부끄러웠는지 필요 없는 말을 계속 해 스스로에게 끊임없이 변명을 하는 모습을 보였다.

치호는 적당히 대꾸해 주고 루소 패거리들을 향해 바삐 발걸음을 놀렸다.

경매라도 시작되어 버리면 치호가 녀석들을 위해 생각한 계획한 일이 어그러질 테니까 서둘러 움직이는 게 좋을 것 같았다.

*　　　　　*　　　　　*

"빨리빨리 움직여! 경매까지 얼마 안 남았다."

루소의 패거리는 경매를 준비하기 위해 분주히 움직이고 있었다.

치호는 멀리서 시끄럽게 소리치고 있는 녀석을 향해 가서 물었다.

"이봐. 여기 선구매도 가능하다고 해서 왔는데 맞나?"

"응? 손님이 오셨군. 처음 보는 얼굴인데… 난 이노키요. 크크. 오늘 물건 좋으니까 적당히 취향대로 골라보쇼. 한데 선구매는 가격이 좀 세. 그래도 괜찮겠수?"

"그런 건 내가 알아서 하는 거고. 물건 좀 보지."

자신을 이노키라고 소개한 녀석은 체격이 다부지고 머리를 짧게 잘라 단단해 보이는 인상의 사내였다.

루소 패거리들이 녀석의 말을 따르는 걸로 봐서 이 녀석이 아무래도 이 패거리의 리더 격인 것 같았다.

"돈 걱정 안하는 걸 보니 좀 긁었나봐? 아니면 어디서 노다지라도 발견하셨나? 크크, 뭐 내 알 바 아니지. 아무튼 어떻게, 기집들로 소개해 드릴까 아니면 사내? 말만 하쇼. 취향대로 맞춰 드릴 테니."

"일단 전부 보고 싶군. 괜찮나?"

"안될 건 없지만… 돈은 확실히 있어야 할 거요. 귀찮게 했는데 안 사면 우리도 곤란해."

이노키는 치호와 대화를 하면서 패거리의 다른 녀석에게

턱을 까딱거리자 목줄이 채워진 원주민들이 하나둘 끌려 나왔다.

녀석의 말대로 원주민들은 남녀노소 구분도 없고 하나같이 목에 쇠줄이 채워져 개처럼 끌려 나오는 걸 보니 치호는 열불이 치밀어 올랐지만 화를 가라앉히며 차분히 말했다.

"그래. 총 몇 명이나 되는 거지?"

"흠. 한 40마리쯤 되는군."

치호는 녀석의 말투가 거슬렸지만 차분히 대화를 이어갔다.

"이노키. 보통 한 명당 가격은 어떻게 되지? 나도 처음 구매하는 거라 시세를 잘 모르겠군."

"조건에 따라 다르지. 어떻게 그걸 따악 하고 정해놓나. 안 그래? 마음에 들면 10골드라도 사는 거고 아니면 1브론이라도 안 사는 거지. 일단 골라봐. 내가 최대한 맞춰 드릴게"

녀석은 고약한 입 냄새를 풍기며 치호에게 친근한 척 말을 했다.

치호는 그런 녀석의 행동에 지금이라도 웃는 얼굴을 후려치고 더러운 혀를 뽑아버리고 싶었지만 녀석은 그런 치호의 마음을 알지 못한 채 계속 지껄이기 시작했다.

"여자는 좀 더 비싸. 예상은 했겠지만 수요가 많거든. 그리고 남자는……."

"전부."

"뭐?"

"전부 해서 얼마냐고."

이노키는 치호의 말에 잠시 당황한 듯했지만 얼른 얼굴을 고치고 대답했다.

"경험치가 부족한가 봐? 돈은 있고? 얘네 다 데려가려면 30골드는 줘야 할 것 같은데. 어때."

"좋아. 그렇게 하지. 뭐 다른 절차는 필요 없나?"

"흐음. 진짜 이양반이 어디서 노다지라도 발견하셨나. 뭔가 좀 안 맞는데… 끄응, 좋아. 우리야 팔기만 하면 그만이니까."

녀석은 연신 이상하다는 듯이 고개를 흔들었지만 치호가 30골드를 내밀자 군말 없이 원주민들을 넘겼다.

이노키도 30골드를 진짜 다 받을 생각은 없었는지 돈을 받으면서도 황당한 듯이 보였다.

거의 두당 1골드씩인데 아무리 경험치가 좋다고 하지만 1골드나 주고 원주민 한 명을 사려는 바보는 없을 테니까.

하지만 떠보기 위해 부른 가격을 치호가 거침없이 구매하자 이노키도 어리둥절해 하는 것 같았다.

그런 이노키를 뒤로 하고 치호는 원주민들을 이끌고 천천히 장터의 중심부를 향해 퍼레이드를 하듯 천천히 발걸음을 옮겼다.

치호는 자신이 산 원주민들을 모든 이들에게 자랑이라도 하듯이 천천히 걸었다.

그런 치호를 바라보는 이노키의 눈빛은 먹이를 노리는 매의 눈빛을 닮아 있었고, 경매만을 기다리던 이들은 치호를 향해 시샘의 눈빛을 보냈다.

치호는 그런 눈빛을 한 몸에 받으면서도 기분이 좋다는 입이 귀에 걸려 웃고 있었다.

*   *   *

치호는 그렇게 원주민들을 끌고 한참 동안이나 임시 거점을 돌아다녔다.

그렇게 한참을 돌아다니면서 천천히 필요한 물건을 하나씩 구매해 정비를 마쳤다.

구매까지 다 마치고 나니 임시 거점은 그리 크지 않아서인지 모두의 시선이 치호에게로 몰렸다.

'키테그람 때 번 돈을 여기서 다 날리는군. 제길.'

원주민들의 몸값은 생각보다 비쌌고 거기에 정비까지 마치고 나니 수중에 돈이 얼마 남지 않았다.

'그렇다고 그 상황에서 흥정이나 할 수도 없고… 여러 가지로 손해 보는 성격이야. 쯧.'

치호는 루소 패거리에게 화가 난 것도 맞지만 일전에 원주민들에게 위기에 처한 원주민이 있으면 구해주겠다던 약속이 생각나 무리를 해서 모두 구매했다.

거기다 이 원주민들은 임시 거점에 숨어 있는 버러지 같은 놈들을 꿰어낼 좋은 미끼 역할을 할 테니까 그런 것에 돈이 아깝다고 아끼고 할 것은 아니었다.

'일단 미끼는 던졌다. 얼마나 걸려들 지가 문제지.'

치호는 원주민들을 이용해 거점 내에 숨어 있는 버러지들을 한 번에 처리하기 위해 낚시를 하는 중이었다.

원주민 수만 40명이다. 이런 이들을 혼자 끌고 다닌다면 분명 자신을 우습게보고 달려드는 이들이 있을 것이다.

자신만 죽이면 원주민들도 모두 자신의 것이 될 테니까.

거기다 루소 패거리들에게 일부러 돈이 많은 척 약을 쳐놨으니 녀석들은 반드시 따라오게 되어 있다.

그들이 선량한 장사꾼이면 몰라도 이런 짓까지 하는 녀석들이 혼자 움직이는 자신을 가만둘 리가 없으니까.

그런 속셈을 알 리가 없는 주민들의 시선이 치호의 등판에 날아와 꽂혔지만 그따위 시선은 아랑곳하지 않고 천천히 거점 밖으로 향했다.

날은 벌써 어둑어둑해졌지만 치호는 주저 없이 어둠을 헤치고 거침없이 숲속을 향해 들어갔다.

사박사박.

치호는 임시 거점과 좀 떨어진 곳에 도착했을 때부터 부산하게 움직이기 시작했다.

자신이 드리운 미끼를 물기 위해 신나게 달려오는 녀석들을 성대하게 맞이하려면 준비할 것이 많기 때문이었다.

"거기, 너. 이름이 뭐지?"

치호는 배낭과 인벤토리에서 짐을 꺼내면서 움찔움찔 기회만 노리고 있는 듯한 원주민 한 녀석에게 말을 걸었다.

숲까지 들어왔는데 여전히 혼자인 치호를 보고 어쩌면 죽이고 도망갈 수 있지 않을까 하여 기회만 재고 있는 눈치였다.

체격도 좋고 손에 박혀 있는 굳은살들의 위치를 보면 꽤 쓸만해 보이는 녀석이었다.

이 녀석이 그나마 원주민들 중에 가장 실력이 좋아 보이기에 녀석을 불렀다.

"흥. 더러운 테스터 놈에게 말해줄 이름 따윈 없다."

"웃기는군. 쓸데없는 자존심 그만 세우고 살아 돌아가고 싶으면 지금 나머지 원주민들 챙겨서 여길 떠. 이곳은 곧 전장이 될 테니까."

"그게 무슨… 핫! 개수작 부리지 마라. 너희 간악한 테스터들의 말은 믿을 수 없다. 헛된 희망을 품게 하고 그것을 무너뜨리는 게 네 속셈이더냐? 버러지로군. 우린 투신의 자손들. 그런 간악한 술수에 흔들리지 않는다. 싸움에서 패한 패자는 겸허히 죽음을 받아들일 뿐."

테스터들이 지금까지 어떻게 원주민들을 대했는지 모르겠지만 도통 치호의 말을 믿으려 하지 않았다.

더 이상 이들과 실랑이를 할 시간이 없어 일단 그들의 목에 채워진 목줄을 끊어내며 인벤토리에서 바르시의 펜던트를 꺼냈다.

"이거면 믿겠나?"

"네놈! 그것을 네놈이 어떻게 갖고 있는 것이냐!"

"아켄 부족의 제사장 자르코라는 영감이 주더군."

"그… 그럴 리가. 테스터 따위에게……."

"후… 믿든 안 믿든 상관없어. 살고 싶으면 어서 이곳을 떠나. 이곳은 곧 전장으로 변할 테니까. 단 지금부터 원주민들이 죽는다면 그것은 온전히 네 책임이야. 그것만 알아둬."

원주민 녀석은 치호의 말을 도무지 믿으려 하지 않았지만 치호로서는 할 만큼 했으니 더 이상 녀석을 설득하고 말고 할 것도 없다.

앞서 말한 것처럼 이제부터 원주민들에게 피해가 일어난다면 그것은 치호의 말을 믿지 않은 그의 책임이 될 테니까.

지금 몰려오는 녀석들을 생각하면 이렇게 시간을 낭비하는 것도 사치다.

치호가 바삐 움직여 자신을 찾아오는 손님들을 맞이할 준비를 할 때 원주민 녀석은 잠시 망설이더니 치호에게 말했다.

"내 이름은 그람. 필 그람이다. 제사장 자르코의 이름을 한 번 믿어보지. 네 녀석은… 지켜보마."

"잔소리 말고 어서 가."

그람은 치호의 말에 이를 부서질 듯 악물면서도 서둘러 원주민들을 챙겨 위치해 있던 숲속보다 더 깊숙한 곳으로 들어갔다.

치호는 숲에서 괴물들이 나오지 않을까 싶어서 원주민들을 살짝 걱정했지만 숲은 그들의 생활 터전이라 그런지 빠르게 방향을 잡고 길을 떠났다.

그러면서도 몇 번이고 뒤돌아보는 그람을 보면 여전히 치호가 못 미더운 것 같았다.

그런 원주민들의 흔적을 지우며 치호는 하던 준비를 계속하고 있었다.

'후, 이제 짐들을 좀 털어냈군. 이제 본격적으로 환영 준비를 해야지? 니들도 역으로 사냥당하는 기분을 느껴봐라.'

치호는 장터에서 구매한 것들을 하나하나 꺼내며 자신을 추격해 올 녀석들 위해 꼼꼼히 준비하기 시작했다.

*   *   *

"이노키 조장. 녀석을 놓친 것 아닐까요?"

"거참, 그렇게 빨리 움직이랬잖아! 하여튼 새끼들이 굼떠가지고는. 너희가 그러니까 레벨을 빨리 못 올리는 거야. 멍청이들아."

사위가 점점 칠흑처럼 어두워지자 치호를 추격해 왔던 루소의 패거리는 점점 초조해지기 시작했다.

밤의 숲은 한낮의 숲과는 전혀 다른 모습을 보여주기 때문에 이렇게 밤에 나선 것 자체가 위험한 행위였다.

하지만 그가 끌고 온 숫자가 숫자이니만큼 그는 한밤의 숲에서도 당당해 보이는 모습이었다.

"제길. 이 자식은 도대체 어디로 간 거야? 그 많은 인원을 끌고 갔으면 무슨 흔적이라도 남아야 할 것 아니야. 도대체가 찾을 수가 없어. 쯧."

이노키는 어느 순간 치호의 흔적이 끊기자 짜증이 섞인 채 말했다.

어서 찾지 않으면 한밤중에 숲속으로 사라진 녀석을 다시 찾을 길이 요원할 것 같아 마음만 점점 급해만져 갔다.

"이노키 조장. 여깁니다!"

저 멀리 흩어져 있던 일행이 부르자 이노키는 냉큼 그곳으로 달려갔다. 아무래도 녀석들의 흔적을 찾은 것 같았다.

"흔적을 찾았나?"

"아니… 저기."

부하가 가리킨 방향을 보자 커다란 바위 위에 치호가 어둠 속에 숨어 모습을 가린 채 명상이라도 하듯 조용히 앉아 있었다.

이노키는 그런 치호를 보며 어이없다는 듯 천천히 다가가 소리쳤다.

"어이! 고객 양반. 여기서 또 보네. 달밤에 무슨 분위기를 잡고 계실까? 응? 근데… 원주민들은 다 어디로 가고 혼자 있는 거요?"

치호는 이노키의 물음에 대답도 하지 않은 채 천천히 눈을 뜨며 말없이 녀석을 물끄러미 바라만 볼 뿐이었다.

"거, 분위기 더럽게 잡네. 내 말 안 들려? 원주민들 다 어디 갔냐고."

이노키는 치호에게 따지듯 물으면서도 부하들을 향해 눈짓을 보냈다.

패거리의 다른 녀석들은 이노키의 눈짓을 보고 천천히 치호의 주위를 삼삼오오 짝을 지어 수색했다.

혹여 숨어 있는 원주민들을 찾기 위해 부산히 움직이기 시작한 것이었는데, 그들의 움직임이 시작되는 순간 치호의 무겁던 입이 떨어지며 말을 하기 시작했다.

"없어. 다 돌려보내 줬지. 네놈들이 사람을 파는 걸 보니 여간 아니꼬운게 아니라서 말이야."

"허 참. 성인군자 나셨네, 여기. 고고한 척 하기는. 헛소리 말고 누가 시켜서 왔수. 그것만 말하면 팔 하나 정도는 봐드릴라니까."

"시키긴 누가 시켜?"

"힘든 길 가시려나 보네, 또. 내가 말이우, 아무리 생각해도 이해가 안 가는 거요. 이해가."

녀석은 친근히 말하는 척하며 점점 치호와의 거리를 좁혀들어왔다.

그러면서도 말을 끊임없이 하는 걸 보면 저러다가 기습을 할 모양이다.

그런 빤한 속셈을 모를 리 없는 치호는 그저 녀석이 무슨 말을 하나 계속 들어봤다.

아직 전투의 시작을 울리는 신호가 들리지 않았으니까.

신호를 기다리는 치호와는 달리 그 사정을 모르는 이노키는 영 이해가 되질 않는 듯한 표정으로 말을 계속해서 이어갔다.

"거 왜 있잖수. 고객 양반 말이요. 레벨이 낮으면 돈이 그렇게 있을 수가 없거든? 근데 그 쪽은 돈이 많아. 그렇다고 레벨이 높나? 원주민을 사는 걸 보면 그건 아닌 것 같거든. 레벨 높은 놈들이 원주민을 챙길 만큼 인정이 많았으면 우리 같은 놈들은 이미 목숨 내놔야지. 안 그렇소?"

"계속 씨불여 봐."

"거 참 까칠하시기는. 그래서 내가 생각했지. 아! 이놈은 분명 다른 임시 거점에서 우리 사업 따먹으려고 간보는 놈이구나! 이 생각을 말이야. 지금도 봐봐. 원주민들이 없잖아. 분명 동업자가 있는 것 같은데… 그쪽 어디 소속인지 그것만 말해주면 내가 팔 하나만 받을게. 어때? 내 생각이."

"지랄."

치호는 녀석의 얼토당토않는 소리에 피식 웃었다.

하지만 그러면서도 녀석의 추측에 긍정도 부정도 하지 않았다.

그래야 좀 더 혼란을 가중시킬 수 있을 테니까.

이노키도 애당초 제안을 수긍하지 않으리란 걸 알았기에 천천히 웃는 낯짝으로 치호와의 거리에만 신경을 집중했다.

이노키가 말을 질질 끌며 치호와의 거리를 거의 다 좁혔을 때 원주민들을 찾기 위해 삼삼오오 조를 이루어 흩어졌던 이들 중 하나의 비명 소리가 한밤의 숲속을 가로질렀다.

"끄아아악!"

녀석의 비명 소리는 치호와 이노키 사이를 비집고 들어와 두 사람의 신경을 바짝 세웠다.

그 비명을 시작으로 사방에서 동시 다발적으로 들려오는 비명 소리에 맞추어 치호가 이노키에게 말했다.

"이노키라고 했나? 너희가 그렇게 인간 사냥을 잘해?"

느닷없이 들린 비명에 이노키는 잔뜩 긴장했지만 흔들리지 않기 위해 애써 그 표정을 감추며 퉁명스럽게 치호의 말에 대꾸했다.

"뭔 개소리를 지껄이려고 하는지 모르겠지만 쉽게 죽진 못할 거요, 씨벌."

이노키는 그렇게 말하고는 허리춤에 매단 강철 그물을 재빨리 치호에게 던졌다.

그러나 치호는 그보다 한발 앞서 녀석에게 쇄도해 뒤를 점하고 이노키에게 속삭이듯 말했다.

"아니 나도 인간 사냥 좀 해봤거든? 기대해. 사냥감이 되는 기분이 어떤 느낌일지는 천천히 느껴봐. 특히 넌 제일 마지막에 죽여줄게."

섬뜩한 목소리에 이노키는 재빨리 뒤로 손을 뻗어 치호를 붙잡으려 했지만 이미 치호는 그 자리를 벗어나 공허한 숲의 어둠 속으로 빠르게 사라져 갔다.

전투의 시작을 알리는 비명의 종소리가 울렸으니 치호는 말 없이 움직일 뿐이었다.

치호는 일전에 벌였던 전투와 마찬가지로 나무를 넘나들며 최대한 은밀하게 몸을 숨겨 이동했다.

또한 착용하고 있는 〈탐험가의 무늬 대퇴갑〉의 카무플라주 무늬가 어둠 속에서 그 효과를 한껏 발휘해 은밀함을 배가시 켰다.

기척을 죽이고 빠르게 비명의 진원지로 이동했을 때 눈에 보이는 것은 치호가 루소의 패거리들을 대비해 미리 설치해 둔 부비 트랩에 걸려 고통에 찬 비명을 지르고 있는 루소 패 거리들이었다.

한가롭게 바위에 앉아서 녀석들을 기다린 것이 아니라 그 바위를 중심으로 적들의 동선을 추측해 부비 트랩을 깔아놨 기 때문에 치호는 스스로 미끼가 되어 루소의 패거리를 부비 트랩의 중심부로 이끌어낸 것이다

'많이도 끌고 왔군. 빠듯하겠는데⋯⋯.'

사방에서 느껴지는 기척만 해도 치호의 예상을 훨씬 웃도

는 숫자에 설치한 부비 트랩이 부족할 것 같아 부담스러웠다.

이노키는 아무래도 치호가 다른 임시 거점에서 습격을 온 것이라 판단해 많이도 끌고 온 것 같았다.

적들의 숫자가 생각보다 많다는 것이 걸리긴 했지만 지금은 그런 것을 생각할 때가 아니었다.

그저 조금이라도 더 빨리 움직여 그들의 숫자를 하나라도 더 줄여놓는 것이 현명해 보였다.

"크악! 다… 다리가!"

"내 발! 으악!"

부비 트랩이 제대로 발동했는지 가볍게는 나무에 거꾸로 매달려 있는 녀석들부터 시작해서 발목이 잘려 그대로 쓰러져 있는 녀석들, 목이 꿰뚫려 그대로 절명해 버린 녀석들까지.

치호는 다양한 방법으로 적들을 혼란에 빠뜨렸다.

이런 함정을 설치하는 일은 치호에게 너무나도 익숙한 일이다.

부비 트랩의 은밀함 또한 이런 숲속의 어둠 속에서라면 전문가가 와도 쉽게 발견하지 못할 정도로 은폐시켜놓았다.

그 때문에 루소의 패거리가 부비 트랩이 처음 발동된 이후 극도로 경계를 했지만, 치호의 감정 없는 부비 트랩 앞에서는 아무런 의미가 없었다.

그저 한 치의 오차도 없이 발동되어 녀석들을 덮칠 뿐이었다.

게다가 상대는 이런 상황을 직면해 본 적이 없는 모양인지 부상당한 동료를 챙긴다고 자신의 무기까지 놓아버린 정신 빠진 녀석들도 보이는 걸 보면 이제 얼추 준비는 끝났다.

더욱이 포션을 사용하려는 녀석들도 보였기에 더 이상 지체할 수 없었다.

'슬슬 수확을 해야 할 시간이군.'

치호는 무기를 내려놓고 부상자를 챙기는 녀석들부터 노렸다.

약해 보이는 녀석들부터 차례차례 머릿수를 하나라도 줄여 놓는 게 이득이니까.

"투사의 발걸음."

나무 위에서 물색한 목표를 향해 망설임 없이 단번에 뛰어내려 투사의 발걸음을 발동시켰다.

치호가 땅에 착지했을 때, 무기를 내려놓았던 녀석은 치호의 발아래 머리통이 으깨져 있었다.

또한 부상당해 쓰러져 있는 녀석은 착지와 동시에 휘둘러진 도끼에 누운 자세 그대로 머리와 몸통이 분리되었다.

남은 한 손으로는 〈회수의 투척 단검〉을 던져 주변을 경계하던 녀석의 목을 꿰뚫었다.

세 가지 동작은 마치 한 동작처럼 물 흐르듯 이어졌다.

이후 다른 녀석들이 눈치채기도 전에 회수한 투척 단검을 다시 나무 위로 던져 단검에 달린 와이어를 이용해 순식간에 나무를 오르자 방금 전까지 치호가 있었던 자리는 비명 하나 없이 세 구의 시체만 덩그러니 남았을 뿐이다.

〈경험치 1,010을 획득하였습니다.〉
〈경험치 1,270을 획득하였습니다.〉
〈경험치 1,140을 획득하였습니다.〉
[투사의 발걸음 숙련도가 1 상승합니다.]

'민첩 스텟이 쓸 만해.'

지난번 키테그람과의 전투에서처럼 신체의 급격한 변화로 인한 실수를 방지하기 위해 남아 있던 10개의 미지정 포인트를 미리 민첩에 투자해 두었다.

빠르게 치고 빠져야 하는 전투를 고려하면 아무래도 민첩이 더 필요할 것 같아 투자한 것이었는데 의외로 효과가 좋았다.

향상된 민첩 수치는 몸을 빠르게 하는 것뿐만 아니라 주변 시야가 보다 선명하게 들어왔으며 반응 속도도 생각보다 더 빨라진 것 같았다.

그 덕인지 치호는 단 한 번의 강하에 세 명을 동시에 처리하고도 약간의 여유가 남았다.

'좋아. 이대로 간다.'

이대로라면 녀석들을 상대하는 것도 문제는 아닐 것이다.

이제는 시간 싸움이다.

쓰러져 있는 녀석들이 회복하거나 다른 녀석들이 혼란 속에서 진정을 하기 전에 먼저 얼마나 많이 녀석들을 처리하는지가 이번 전장에 승패를 가를 것이라 판단되었다.

컥.

끄륵.

치호의 그림자가 한번 보였다 사라지면 두세 명씩 픽픽 쓰러져 갔다.

루소의 패거리들은 점점 줄어드는 자신의 동료들과 어둠 속에서 울려 퍼지는 피 끓는 소리에 패닉에 빠졌다.

"으… 젠장! 이 치사한 새끼야! 모습을 보여!"

이노키는 치호를 쫓아 부산히도 움직였지만 그가 볼 수 있는 건 이미 숨이 끊어져 재로 변해가고 있는 동료의 시체들뿐이었다.

매번 반복되는 상황에 이노키의 인내심이 점차 한계를 보이는 듯 그의 목소리는 거칠어져만 갔다.

"이 씨벌놈이 진짜."

끄윽.

이노키가 치호에게 연신 욕을 해대며 고래고래 소리를 치는 그 순간에도 무정하게 동료의 숨이 끊어지는 소리는 계속해서 이노키의 주변을 맴돌았다.

"안 되겠다. 새끼들아! 못 움직이는 놈들 버리고 모두 모여!"

루소의 패거리는 이노키의 외침에 그를 중심으로 모여들기 시작했다.

잠시 망설이는 이들도 간간이 보였지만 그런 이들은 치호의 먹이가 될 뿐이었다.

치호의 무자비한 도끼질은 쓰러져 고통을 호소하는 동료와 이노키의 명령 사이에 갈팡질팡하는 녀석들에게 특효약처럼 작용해 재빠르게 이노키 주변으로 모두 모여들었다.

모여든 녀석들의 행태는 이전에 원주민들을 학살하던 녀석들과 달리 체계적으로 방어진을 구축하고 사위를 경계하는 모습이었다.

빠르게 방어진을 구축하는 모습을 보니 이런 상황을 대비해 훈련이 되어 있는 듯했다.

하지만 녀석들의 표정을 면면히 살펴보면 긴장과 공포로 구겨진 얼굴이 좀처럼 펴질 줄을 몰랐다.

"이… 노키 조장. 이놈 사람 새끼가 아니오. 튑시다. 젠장, 뭘 망설입니까! 어서 튀자니까?"

"이 머저리 같은 새끼."

잠시 치호를 놓친 사이에 옷자락은커녕 코빼기조차 보지 못하고 데리고 온 인원의 3할 이상을 잃어버린 이노키는 도망가자는 말을 한 녀석을 단칼에 베어 버리며 말했다.

"개소리 지껄이는 놈은 저 새끼 처리하기 전에 내 손에 먼저 죽을 줄 알아. 정신 똑바로 차려!"

이노키가 패거리의 흔들리는 마음을 다잡을 때 치호는 녀석들이 버리고 간 부상자들을 천천히 처리해 나가기 시작했다.

방어진을 짠 이상 더 이상의 기습을 하기엔 치호로서도 부담이 되어 주변부터 확실히 정리해 나갔다.

치호의 부비 트랩에 걸려 버림받은 녀석들은 어둠 속에서 나타나는 치호를 보며 반항 한번 못 해보고 그저 고귀한 목숨을 바치듯 내어 주어야만 했다.

"제… 제발. 꺼헉."

〈경험치 1,210을 획득하였습니다.〉
〈스킬 변환이 완료되었습니다.〉

'응? 스킬 변환이 완료… 커헉!'

불현듯 떠오른 스킬 변환이 완료되었다는 메시지와 함께 정신이 날아가 버릴 것만 같은 격통이 치호에게 찾아왔다.

갑자기 이게 무슨 일인가 싶었지만 그런 생각조차 할 수 없을 만큼 거대한 고통이었다.

녀석들이 저렇게 모여서 방진을 짜기 전에 이런 고통이 찾아왔더라면 애써 설치한 부비 트랩의 효과를 보지도 못했을 것은 물론 치호조차도 위기에 빠질 수 있었을 것이다.

난데없이 온몸을 쥐어짜는 듯한 고통이었지만 이를 악물며 터져 나오는 비명을 억지로 삼켰다.

아무래도 방금 변환된 스킬이 뭔가 사단을 일으킨 것이 틀림없었다.

메시지를 확인하자마자 이런 격통이 시작된 것을 보면 말이다.

치호로서는 당장이라도 스킬 변환 창을 열어 내용을 확인하고 싶었지만 지금은 몸을 숨기는 것이 먼저였다.

이렇게 힘들어하는 자신을 보면 녀석들은 단숨에 자신에게 달려들 것이 틀림없으니까.

치호는 온몸에서 느껴지는 격통을 겨우 버텨내며 힘겹게 나무 위로 올라설 수 있었다.

얼른 이 격통을 어떻게 하지 않으면 이번 전장은 치호의 패배로 막을 내릴 것이다.

치호가 나무 위에서 거친 숨을 내쉬며 고통을 참아내고 있을 때 이노키가 외치는 소리가 들렸다.

"으… 새끼야! 겁쟁이처럼 숨어 있지 말고 어서 나와! 처음 내 앞에서 나대던 그 기세는 어디 가고 계집년들처럼 숨어서 뭐하는 거야! 이 버러지 같은 새끼야!"

이노키가 분을 이기지 못하고 연신 욕을 하며 치호를 불러 댔지만 이노키의 대답에 응하는 것은 주변 부상자의 신음밖에 없었다.

그 신음 소리마저 몇 들리지 않는 걸 보면 치호가 격통이 찾아오기 전까지 꽤 많이 처리한 것 같았다.

"조장. 혹시 저 녀석이 숲의 악몽 아닐까요?"

"악몽?"

"저놈 싸우는 방식이나 하는 행동 보면 소문으로 듣던 딱 그놈 같은데… 그놈 때문에 우리가 이렇게 방어진도 익힌 것 아닙니까."

이노키는 부하의 말에 잠시 고민하는 것 같더니 이내 고개를 가로저으며 부하에게 단호하게 말했다.

"그놈은 아니야. 그놈은 애초에 원주민이잖아. 젠장, 그놈은 분명 테스터였어. 너희도 분명 봤잖아. 인벤토리에서 돈 꺼내는 걸. 그런 놈이 숲의 악몽일리가 없지. 씨벌."

"하지만… 전투법이 너무 비슷하지 않습니까! 젠장. 소문보다 더 지독하면 지독했지……."

이노키의 부하는 끝말을 삼키며 하던 말을 멈추었다.

이노키의 표정으로 보아 더 이상 약한 말을 했다가는 좀 전에 목이 잘린 녀석처럼 자신도 목이 잘릴 것 같아 더 이상 말을 잇지 못했다.

하지만 그 의심은 이미 주변 루소 패거리들에게 퍼져나가 그들의 마음속에 공포가 스멀스멀 짙게 피어오르고 있었다.

치호는 나무 위에서 격통을 참아내다 지쳐 버린 몸을 달래며 휴식을 취하고 있다가 녀석들이 나누는 숲의 악몽이란 이야기에 귀를 기울였다.

그런 치호의 모습에는 격통이 다소 진정되었는지 방금 전처럼 괴로워하는 표정은 없어지고 한결 가벼운 표정을 지으며 그들이 하는 말에 의문을 표했다.

'악몽?'

자신과 비슷한 전투 방법을 쓰는 녀석이 있다기에 잠시 관심이 갔다.

이런 전투 방법은 숲에 통달하고 익숙한 자가 아니면 사용할 수 없기에 불현듯 쥬드가 떠올랐다.

분명 근처에서 쥬드의 흔적이 발견되었으니 만약 그가 숲의 악몽이란 칭호를 얻었다면 얼추 맞아 떨어지는 이야기였다.

그 역시 하만의 말로는 숲에 완전히 적응한 베테랑처럼 보였다고 했으니까.

다만 원주민이란 부분이 걸렸기에 확신하진 못했다. 하지만 지금 중요한 것은 그것이 아니기에 집중하여 장비를 점검하고 이노키에게 셀렌의 안목을 사용했다.

〈기량이 상대보다 높아 셀렌의 안목이 발동됩니다.〉
특성: ─
스킬:
─ 지독한 돌진: 온몸을 상대와 충돌시켜 상태 이상을 유발시킵니다.

'상태 이상이라… 까다롭군.'

근접전을 선호하는 치호에게 저런 스킬을 잘못 맞으면 그대로 둘러싸인 적들에게 온몸에 구멍이 뚫릴 수도 있는 까다로운 스킬이었다.

녀석의 스킬에 대해 파악하며 방금 전환이 완료된 스킬을 확인하기 위해 스킬 변환 창을 열었다.

아무래도 격통의 원인을 찾아야 할 것 같았다. 그렇지 않으면 어떤 위험을 초래할지도 모를 테니까.

〈광인의 영역 선포 — 지속형〉

— 내용: 인간의 짧은 일생동안 쌓아 올린 경지라고는 믿을 수 없는 지고의 경지, 무극에 달한 자에게 경의를 표하며 변환된 스킬. 무(武)에 미친 그 어떤 이도 이와 같은 경지에 달한 자는 없습니다. 무(武)에 온전히 빠져들기 위한 그 광적인 마음은 자신의 영역에서 그 누구도 함부로 행동하는 것을 용납하지 않습니다. 해당 스킬은 테스터 황치호의 오리지널 스킬로 등록되어 타 오리지널 스킬을 제외한 스킬의 어떤 방해 효과도 영향을 받지 않고 발동됩니다.

— 발동 효과: 반경 300m 내 대상 감지 후 기량에 따라 〈압도〉 효과 발동.

— 지속 효과: 보조 스테이터스 포인트 효과를 본신의 힘으로 전환, 탈취한 타인의 무구를 제압하여 페널티 없이 사용가능.

— 소모자원: —

— 숙련도: (0/10)

치호는 떠오르는 메시지를 보고 격통의 원인이 어디에 있었는지 단번에 파악했다.

지속 효과에 부분에 착용 아이템의 스테이터스 포인트를 본신의 포인트로 전환한다는 부분이 바로 격통을 유발한 것임이 틀림없다.

지난번 키테그람을 처치 할 때를 비롯해 미지정 포인트를 이용하여 본신의 스테이터스 포인트를 올렸을 때 엄청난 격통이 찾아온 것을 상기했다.

아마도 현재 착용하고 있는 모든 아이템의 스테이터스 포인트가 본신의 스테이터스 포인트로 변환되며 나타난 현상일 것이라 추측되었다.

고통의 원인을 알았기 때문에 더 이상 예상치 못한 대미지를 입는 일은 없을 테니 안심하고 메시지를 마저 읽어 내린 치호는 웃음이 새어나오는 것을 간신히 참아냈다.

처음부터 경험을 변환 어쩌고 하기에 그다지 큰 기대는 하지 않았다.

어차피 그 목록에 떠있는 것들은 치호가 이미 체득하고 있던 것들이고 단지 지금까지 그것을 사용할 기회가 없었을 뿐이다.

지금만 하더라도 도끼 하나 가지고 지금껏 치열한 전투를 겪었는데 아직도 문제없이 사용하는 걸 보면 치호가 최대한 무구가 상하지 않게 조절하고 중간중간 직접 수리를 했기 때문에 가능한 것이었다.

만약 다른 이였다면 무구가 버텨내지 못했을 것이다. 스킬 변환 창이란 것이 도움이 되지 않을 것 같았는데 생각지도 못한 큰 소득이었다.

특히 다른 것보다 타인의 무구를 페널티 없이 사용할 수 있다는 부분이 마음에 들었다.

지금까지 전투를 겪으면서 죽은 녀석이나 대적하고 있는 녀석의 무구를 빼앗아 쓸 시도는 간간이 했지만 무기를 빼앗으면 무기의 날 자체가 죽어서 그저 무거운 쇠뭉치에 불과했기에 도끼를 계속 사용했을 뿐이었다.

그런데 이런 효과가 있다면 앞으로 도끼만을 고집할 필요도 없이 다양한 전술을 사용할 수도 있을 것이다

'좋아. 마음에 들어. 게다가 마력 소모도 없군.'

치호의 경험에 근거한 스킬이기 때문에 따로 마력이 소모되는 않는 것 같았다.

메시지에 떠오른 효과를 하나하나 곱씹듯 읽고 자신만만한 표정으로 천천히 나무에서 내려와 녀석들 앞에 모습을 드러냈다.

새로 얻은 스킬 덕분에 전투 스타일을 조금 바꿔도 될 것 같았다.

루소의 패거리들은 어둠 속에서 치호는 보이지 않고 숨 막히는 고요만 계속되자 긴장감이 극에 달했고 방진을 유지하느라 소모된 체력을 제대로 회복하지 못한 채 다시금 치호와 대치하게 되었다.

그런 치호를 보는 녀석들의 표정은 누가 봐도 피곤에 절어 있는 모습이었다.

"재미있었어? 어때 기분이?"

"으… 이 버러지 같은 새끼!"

이노키는 당장이라도 뛰쳐나갈 듯 이를 갈았지만 막무가내로 들이대진 않았다.

방금 전까지 치호가 보여준 움직임은 이노키도 함부로 들어갈 만한 실력은 아니었으니까.

"어쨌든 우리도 슬슬 마무리 지어야지?"

"건방 떨긴. 네놈이 아무리 날고 기어봤자 혼자서 뭐 얼마나 할 수나 있을 것 같아? 지금도 쫄아 숨어서 싸우는 것밖에 못하는 주제에. 크크."

"아플렌의 추적!"

녀석이 치호의 말을 맞받아치며 시간을 끌자 패거리중 하나가 스킬을 외쳤다. 그와 동시에 치호에게 떠오르는 메시지 하나.

[목표물로 설정되었습니다. 위치가 상대에게 노출됩니다.]

떠오르는 메시지를 전부 읽기도 전에 이노키가 큰 소리를 내며 웃었다.

"크하하하! 이 머저리 같은 놈. 이제 네놈이 날파리처럼 깔짝대는 것도 끝이다. 이제 네놈은 도망 못 가."

떠오르는 메시지와 녀석의 반응을 봤을 때 스킬이 무슨 추적 계열 스킬인 것 같았으나 치호는 전혀 상관없듯 피식 웃으며 이노키에게 말했다.

"도망? 이제 그럴 필요가 없어졌는데 어쩌지?"

"크크. 버러지가 끝까지 있는 척은 다하는군. 조져!"

이노키의 말이 떨어지기 무섭게 루소의 패거리들은 기다렸다는 듯이 치호에게 튀어 나갔고 그 기세는 원수를 만난 것처럼 흉흉했지만 그런 것 따위 아랑곳하지 않는다는 듯 외쳤다.

"광인의 영역 선포!"

[시전자의 기량에 미치지 않는 72명이 감지되었습니다. 제거대상으로 등록하시겠습니까?]

기묘한 메시지가 치호의 눈앞에 떠올랐고 메시지를 순식간에 읽은 치호는 비릿한 미소를 지으며 조용히 속삭이듯 말했다.

"등록."

[72명 제거 대상으로 등록. 압도 효과가 발동합니다.]

치호의 눈앞에 메시지가 떠올랐지만 그것을 읽을 틈도 없이 녀석들이 지근거리에 달했기 때문에 손에 쥔 도끼를 들어 올려 날아오는 공격을 막았다.

팅.

'음?'

날아오는 공격의 기세와 달리 너무 가벼운 충격에 의문이 들었지만 연이어 들어오는 공격에 여유가 없었다.

아무리 새로운 스킬을 익혀 좀 더 유리한 전투가 예상된다 하더라도 방심 따위를 할 수는 없다.

그것도 전투 중이라면 더더욱 말이다.

"새끼들아 조져! 지독한 돌진!"

이노키가 스킬을 외치며 치호에게 달려들었고 치호는 녀석

을 돌진을 피해내며 자신을 둘러싼 적들을 견제하기 위해 도
끼를 휘둘렀다.

쓰걱.

"끄악!"

단순히 견제하려고 휘두른 도끼질에 어설프게 피하려다가
공격을 허용한 녀석은 너무나도 쉽게 목숨을 잃었다.

이런 상황에 당황한 것은 오히려 치호였다. 방금 전 적들의
움직임이 너무 부자연스러웠기 때문이다.

'뭐야 이거. 아… 이게 제압 효과라는 건가.'

치호는 압도 효과에 대해 떠올리고는 재미있다는 듯 입꼬
리가 살짝 올라갔다.

이렇게 몸이 굳은 녀석들이라면 좀 더 과감하게 치고 나가
도 될 것 같았다.

게다가 스테이터스가 많이 변해서인지 녀석들이 움직이는
모습이 마치 손에 잡힐 듯 보였고 근력조차 늘었기에 그들을
상대하는데 무리가 없었다.

하지만 치호는 전투에서 완벽한 승리를 바라는 듯 스킬을
외쳤다.

"투사의 발걸음."

치호의 스킬이 발동됨과 동시에 어두운 밤의 숲은 누군가

의 비명 소리로 풍성하게 가득 찼다.

*　　　　　*　　　　　*

"사… 살려……."

마지막 남은 루소의 패거리들 중 하나가 말을 끝맺지도 못
하고 그대로 쓰러져 숨이 끊어졌다.

"후우."

피에 젖은 치호는 피가 뚝뚝 떨어지는 머리칼을 쓸어 올리
며 뒷걸음질을 치는 이노키에게 말했다.

"이제 너도 혼자가 됐네? 이걸 어째?"

"으… 괴… 괴물. 오지 마!"

녀석은 전투 중 스킬을 마구잡이로 쓰다가 마력이 다했는
지 스킬조차 쓰지 못하고 뒷걸음질을 칠 뿐이었다.

그런 녀석을 향해 천천히 다가가며 치호는 계속해서 말을
이었다.

"내가 말했잖아. 넌 제일 마지막이라고."

치호는 환한 미소를 지으며 뒷걸음질 치는 녀석의 발등을
향해 단검을 던졌다.

단검은 발등을 뚫고 들어가 땅에 단단하게 박혔다.

"크악."

녀석이 비명을 지르며 단검을 뽑아내기 위해 안간힘을 썼지만 먼저 치호가 달려와 녀석의 면상을 그대로 차올렸다.

이노키는 그대로 사지를 쭉 펴고 쓰러졌고 그 순간을 노려 양 팔에 루소 패거리들이 떨어뜨린 무기를 박아 넣고 나머지 한쪽 다리에는 이노키의 무기를 박아 넣어 몸을 단단히 땅에 고정시켰다.

녀석은 사지가 뚫리는 고통에 비명조차 제대로 지르지 못하고 사지가 땅에 고정되어 옴짝달싹하지 못했다.

"후우, 뭐 덕분에 재미도 보고 레벨도 올리고… 좋잖아?"

"이… 이… 개새끼가. 그냥 죽여, 이 씨벌놈아."

"아직도 혓바닥은 돌아가나 봐?"

아직도 독기를 품고 있는 녀석을 바라보며 곰곰이 생각했다.

지구 같았으면 이런 인간 같지 않은 놈은 사지의 힘줄을 끊고 눈과 혀를 뽑은 후 귀까지 멀게 만들어두고 절대 죽지 않도록 살려서 버러지처럼 살아가도록 했을 것이다.

그러나 이곳은 포션이란 것으로 목숨을 유지할 수 있어서 고민이 됐다.

그런 수고를 들여봤자 포션으로 회복하면 그만이니까.

이런 녀석에겐 죽음이란 달콤한 쉼터를 제공하기에는 너무나 아쉬웠다.

한참을 고민했지만 별다른 생각이 떠오르지 않아 답답했는지 무심코 본심이 튀어나왔다.

"흠… 다 끊어내야 하나?"

"뭘! 뭘 끊어내! 이 씨벌놈아. 그냥 죽여!"

"아… 말이 헛나왔군. 못 들은 걸로 해."

"끝까지… 이 자식. 루소님이 돌아오면 네 녀석을 가만두지 않을… 크악!"

이노키는 사지가 뚫려 피를 흘리면서도 말은 잘하는 것 같기에 녀석이 말을 끝맺기 전에 팔에 박힌 무기를 천천히 비틀어 녀석의 말을 끊었다.

"그래 그 대단하신 루소님께서는 어딜 가셨지?"

"크크… 원주민들의 회합을 박살 내러 가셨지. 돌아오실 땐 더욱 강해져 네놈을 처단할……."

⟨경험치 2,250을 획득하였습니다.⟩

치호는 녀석의 말을 끝까지 듣지도 않고 그대로 목을 베었다.

처단이니 어쩌니 진부한 말이 나올 것이 뻔했기에 얼른 목을 베었다.

저런 쓸데없는 말을 듣느니 그냥 쉬는 것이 낫다고 판단했다.

녀석에게 쉽게 죽음을 내린 것이 좀 아쉽긴 했지만 정성들여 고문하는 쪽이 더 귀찮은 일이라 단호하게 행동했다.

포션이란 것이 편하긴 해도 이럴 땐 원망스럽게 느껴지기도 했지만 툴툴댄다고 해서 해결될 것도 아니었기에 녀석이 한 말을 떠올리며 생각했다.

'회합이라… 라플렌의 꽃이 먼저냐, 루소가 먼저냐……. 고민되는군.'

이노키까지 죽인 후 주위를 둘러본 치호는 한숨을 내쉬며 그 자리가 털썩 주저앉았다.

그러고는 아무도 없는 어두운 숲을 향해 나지막이 말했다.

"언제까지 구경할 거야. 다 끝났으니까 나와. 도와주질 못할망정 끝까지 구경만하네. 쳇"

치호가 뜬금없이 그렇게 말한 것은 〈광인의 영역 선포〉에 의한 대상 감지 때문이었다.

이 효과는 감지된 대상을 마치 게임처럼 테두리로 표시해 주는 기능이었기에 어둠이나 지형지물은 더 이상 치호의 눈을 속일 수 없었다.

기척으로 알아채는 것보다 직관적인 효과라 치호가 만족스러워하는 기능이었다.

잠시 후 어두운 수풀 속에서 한 남자가 모습을 드러냈다.

제5장
부정한 힘 l

모습을 드러낸 남자는 온몸에 문신이 빼곡하게 채워져 있었고 다가오는 걸음걸이나 몸의 밸런스가 잘 잡혀 있어 안정된 모습으로 천천히 다가오는 것이 보통은 아닌 것 같았다. 녀석의 차림새를 봤을 때는 원주민인 것 같았다.

"그만. 너무 가까이는 오지는 말고."

치호는 녀석이 너무 가까이 오는 걸 경계한 후 녀석에게 이어서 말했다.

"너 뭐야. 처음엔 이 녀석들과 같은 패인 줄 알았더니 그것도 아니고. 그렇다고 내 빈틈을 노리는 것 같지도 않고. 원주민이냐?"

"…네가 투신의 후인인가?"

"후인? 아, 그거? 뭐 그렇다고는 하던데 문제 있나?"

녀석이 투신의 후인이라는 부분을 말할 때 완벽히 감추지 못한 살기가 살짝 흘러나왔다.

치호 또한 그런 녀석을 보고 옆에 둔 도끼를 슬그머니 쥐었다.

"어째서… 네놈 같은 테스터 따위를……."

"너, 내 질문에 아직 대답 안 한 것 같은데?"

치호는 가볍게 말하며 다시금 자세를 고쳐 잡았다.

지금까지 만난 놈들 중 살기를 감추는 녀석은 처음 만났기 때문에 다른 녀석들처럼 우습게 볼 녀석은 아닌 것 같았다.

"난 자히드, 자히드 가잘이다. 제사장 자르코에게 투신 바르시의 후인이 나타났다는 이야기를 듣고 그 영광된 자를 내 눈으로 직접 확인하기 위해 왔다."

"오호, 그래? 그런데 그런 것치고는 말이야… 태도가 영 불손한 것 같은데? 이 영광된 후인에게 말이야."

자히드의 말만 들으면 적의를 품고 온 것 같지는 않았지만 자신을 대하는 태도나 방금 전 얼핏 흘러나온 살기는 무시할 만한 것이 아니었다.

그렇기에 때문에 치호는 녀석을 살살 자극해 봤지만 자히드는 치호의 말에 신경도 쓰지 않는 듯 중얼거렸다.

"저런 악귀 같은 녀석을 선택하시다니. 바르시여."

"악귀? 쳇, 이제 눈으로 봤으니 만족했나? 아무튼 너희 부족과 한 약속은 지켰다. 그리고 방금 내가 처리한 녀석들에게 잡혀 있던 너희 부족 녀석들이 떠난 지 얼마 되지 않았으니 얼른 가서 보호나 해주지? 나랑 이렇게 기운 빼지 말고. 나도 좀 쉬어야겠거든?"

괜히 녀석과 길게 이야기해 봐야 피곤해질 것 같은 기분에 얼른 녀석을 보내고 쉬려 축객령을 내렸지만 녀석은 눈치가 없는 건지, 아니면 무슨 용무라도 남은 건지 도무지 떠날 생각을 하지 않고 쓸데없는 말만 계속했다.

"그들은 걱정하지 않아도 된다. 필 그람은 이미 만났으니까. 그는 숲의 괴물 따위에게 당할 만큼 나약하지 않은 용맹한 투사니 네놈이 신경 쓸 필요는 없다."

"그런 분이 왜 잡혀 오셨을까. 응? 아무튼 나도 좀 쉬어야 하니까 더 이상 볼일 없으면 좀 비켜주지?"

치호는 자꾸 쓸데없는 소리만 하는 녀석이 신경에 거슬렸다.

대놓고 적의를 보이는 것도 아니고, 그렇다고 완전히 안심할 수 있는 상대도 아니어서 대하기가 까다로웠다.

"그럴 순 없다. 다른 이들은 투신 바르시가 선택한 자라면 무조건 따를지라도 '후인의 증인'인 나는 그대를 판단할 권리가 있다."

"…거 참, 귀찮게 하네. 후인, 후인 하는 것도 짜증나는데 말이지. 내가 누구 후인 소리 들을 만한 나이는 아니거든? 스승이라면 모를까."

"건방진! 투신의 후인이면서 그를 모욕하는 것인가?"

"모욕이고 나발이고, 그딴 거 필요 없으니까. 꺼져. 더 이상 귀찮게 후인이니 뭐니 하면서 달라붙지 마라. 안 그래도 바쁜데 너희까지 자꾸 들러붙어서 정신 사나우니까."

치호가 말을 마치자 녀석은 감추었던 살기를 슬슬 풀어내기 시작했다.

그 기세가 심상치 않아 금방이라도 달려들 기세였다.

"후인된 자로서 건방지기 짝이 없구나. 투신을 경배하고 부족의 부흥을 위해 헌신해야 할 자가 이런 태도라니. 부족을 수호했기에 일말의 기대라도 품은 내가 미련했군. 역시 테스터는 근본부터 틀려먹은 종자. 그 근본을 뿌리부터 고쳐주마."

"처음부터 그렇게 나오면 편할 것 가지고 뭔 헛바닥이 그렇게 길어? 처음부터 한판 붙고 싶어서 왔잖아. 안 그래?"

"건방진… 그 썩어빠진 버릇부터 고쳐주지."

자히드는 그렇게 말하고 무언가 수인을 재빨리 맺었다.

수인을 맺자 몸에 빼곡하게 들어찬 문신이 귀화를 내듯 푸르게 타올랐고 동시에 녀석은 어둠과 동화된 듯 치호의 시야에서 연기처럼 사라졌다.

하지만 치호는 자히드가 어둠과 동화되어 사라진 것과는 무관하게 녀석의 문신이 타오르기 시작한 순간 얼굴이 딱딱하게 굳었다.

잠시 녀석이 사라진 자리를 멍하니 보다가 천천히 입을 떼었다.

"…너… 그 힘, 네게 이은 자는 누구냐."

자히드에게 묻는 목소리는 지금까지의 치호의 기세와는 전혀 달랐다.

평소 어떤 상황에서도 장난스럽고 가볍게 행동했던 그의 모습은 온데간데없이 사라지고 그 어느 때보다도 무겁고도 차갑게 묻는 그 목소리는 음성 자체에 어떤 힘이 담긴 듯 거부할 수 없는 음성이었다.

"…이미 늦었다. 숲의 악몽을 선사해 주마."

녀석이 하는 말로 보아 녀석이 루소 패거리가 말한 숲의 악몽인 듯싶었다.

그의 태세가 예사롭지 않아 보통은 아닐 것이라 생각했지만 그가 악몽일 줄은 치호조차 생각지 못했던 것이었다.

하지만 그런 것은 지금의 치호에게는 전혀 문제가 되지 않왔다. 다만 그 숲의 악몽이 쥬드가 아니라는 것이 아쉬울 따름이었다.

자히드도 급변한 치호의 모습에서 무언가를 느꼈는지 사뭇 진지하게 대답했다.

하지만 자히드의 모습은 여전히 드러나지 않고 그 긴장된 목소리만이 공허한 어둠을 흔들었다.

두 사람 사이에 숨 막히는 정적만이 맴돌았지만 섣불리 움직이는 이는 없었다.

모습을 숨긴 자히드는 어둠 속에서 치호를 노리고 기회만 보고 있었지만 좀처럼 빈틈을 보이지 않는 치호 때문에 점점 초조해져만 갔다.

방금 전 테스터와 싸울 때만 하더라도 충분히 상대가 가능할 것이라 판단되었지만 그때의 치호와 지금은 전혀 달랐다.

마치 거대한 절벽 앞에 선 것처럼 도무지 빈틈이라고는 찾아볼 수 없었다.

거기다 시간이 흘러갈수록 치호의 발치를 짙게 점하는 저 검은 연기는 자히드로 하여금 초조함을 불러 일으켰다.

그 검은 연기를 볼수록 빨려 들어갈 것 같은 공허함이 자히드의 심신을 흔들어놓았다.

불편한 시간을 참지 못하고 먼저 움직인 것은 자히드였다.

자히드는 치호의 등 뒤로 소리도 기척도 없이 다가갔다.

심지어 다가가는 자히드의 그 모습은 마치 숲의 어둠 자체가 천천히 움직이는 듯했다.

그런 자히드의 움직임을 치호는 전혀 눈치채지 못했는지 처음 섰던 그 자리에 못이 박힌 듯 그저 서 있을 뿐이다.

더군다나 도끼도 들어 올리지 않은 채 힘을 빼고 축 늘어뜨린 그의 어깨는 전투 의지가 있는 것인지 자히드로 하여금 의심에 빠져들게 만들었다.

"오만한 그대여. 그대는 자격이 없다. 증인의 이름으로 그대를 거부한다."

어느새 치호의 등 뒤를 점한 자히드는 치호를 향해 들어 올린 정글도 형태의 검을 그대로 내려쳤다.

하지만 치호의 갑옷과 살을 가르고 뜨거운 피를 토해내게 만들어야 할 그 무자비한 검 끝에서 느껴지는 감각은 자히드가 예상했던 감각이 아니었다.

꾸드득.

등 뒤에서 내려쳤던 검은 어느새 돌아선 치호의 손에 잡혀 그대로 우그러지고 있었다.

손에는 검은 연기가 감싸고 있고 마주친 치호의 눈에는 무저갱처럼 깊고도 어두워 빨려 들어갈 것 같은 검은 귀화가 타오르고 있었다.

그 눈과 마주친 자히드는 심령이 제압된 것처럼 옴짝달싹할 수 없었다.

아니, 감히 다른 생각조차 할 수 없는 난생 처음 맞닥뜨린 지독한 공포가 자히드의 몸을 딱딱하게 굳게 만들었다.

그런 자히드의 발끝부터 치호의 검은 연기가 천천히 잠식해가며 올라가고 있었다.

"다시 한 번 묻는다. 그 힘, 네게 이은 자. 누구냐."

치호의 타오르는 귀화를 보고 있자니 영혼이 그대로 빨려나갈 것 같은 기분이 들었다.

방금 전 테스터들과 힘겹게 싸우던 그가 아니었다.

지금 상황이 이해가 되지 않는 것은 둘째 치고 검게 타오르는 눈길조차 피하지 못하고 넋이 빠져 중얼거리듯 말했다.

"악몽… 악몽입니다."

자신이 대답을 해놓고 왜 존댓말까지 하면서 스스로 치호의 물음에 답했는지 알 수 없었다.

그것도 평소 혐오해 마지않던 테스터에게.

자히드의 머릿속에서는 고개를 돌리고 저 눈을 피해야 한다는 생각뿐이었지만 항거할 수 없는 공포에 절은 몸은 자히드의 의지를 배반했다.

그 순간에도 치호의 검은 연기는 자히드의 몸을 천천히 잠식해 목까지 차올라있었다.

"악몽. 그자는 어디에 있는가."

"…악몽은 계승되는 이름일 뿐. 초대 악몽은 투신 바르시의 시대에 사라진… 커헉."

자히드의 말에 치호가 미간을 살짝 찌푸리는 순간 자히드를 감싼 검은 연기가 거대한 뱀처럼 자히드의 온몸을 조여들었고 그 압력을 견뎌내지 못한 자히드는 피를 한 움큼 쏟아냈다.

치호가 스스로 인정하지 않던 자신의 힘까지 슬쩍 내비치며 과격한 반응을 보인 이유는 자히드가 사용하는 힘이 치호의 힘의 파편이기 때문이었다.

과거 죽지 못하는 삶이 지루해 한창 날뛸 때 자신이 거두었던 주술사 중 하나가 오직 자신에게 영원히 충성하는 불사의 군대를 만들겠다며 치호의 힘의 파편을 연구했던 때가 있었다.

그때 당시는 주술사의 열정과 연구에 대한 순수한 그의 모습이 마음에 들어 흔쾌히 허락했지만 그 결정이 두고두고 후회하는 몇 안 되는 결정이 될 줄은 그때는 몰랐다.

"과거의 잔재가 이곳까지 퍼져 있다니. 달무르… 네 녀석도 이곳에 왔던 것이냐."

치호가 중얼거리듯 달무르라 칭한 이가 주술사이자 부정한 힘을 만들어낸 이었다.

힘의 파편을 연구하던 달무르는 처음 의욕적인 모습과는 달리 파고들면 파고들수록 미궁에 빠지는 힘의 파편 때문에 정신이 피폐해져만 갔다.

결국 이렇다 할 성과를 내지 못한 그는 압박감을 견디지 못하고 치호를 피해 자취를 감추었다.

이후 시간이 흘러 죽은 자가 되살아나 산 자를 유린한다는 소문을 듣고 찾아간 곳에서 달무르를 다시 봤을 때는 이미 이전의 달무르가 아니었다.

스스로가 금한 망자를 모독하는 금단의 주술에까지 손을 뻗은 그의 모습은 광기에 젖어 산 자와 죽은 자를 모독하는 한 마리의 마귀일 뿐이었다.

그때 달무르가 내비친 힘은 자신의 힘의 파편과 주술의 힘이 섞여 만들어진 힘이었다.

하나 그 힘은 존재해서는 안 되는 부정한 힘이라는 것을 깨닫는 데는 얼마 걸리지 않았다.

힘의 근간이 치호 자신의 힘이기에 달무르가 내놓은 힘의 본질을 눈치챈 치호는 그 즉시 달무르의 목을 치고 그 부정한 힘을 이은 자들을 찾아내 그 힘을 회수하여 무분별하게 퍼져 나가는 것을 간신히 막았다.

하지만 그 힘이 아직도 지구에서 회자되는 것을 보면 그저 씁쓸할 뿐이었다.

치호는 그런 감정을 갈무리하고 자히드에게 재차 물었다.

"그자가 건넨 것은 부정한 힘. 그것뿐인가."

치호의 물음에 자히드는 망설이는 기색도 없이 공손히 대답했다.

처음 치호에게 나섰을 때와는 사뭇 다른 태도였지만 치호의 힘의 파편을 가지고 있는 그에게 마치 저항할 수 없다는 듯 넋빠진 얼굴로 말을 이었다.

"라플렌의 씨앗, 씨앗을 주고 사라졌습니다. 악몽에서 악몽으로 이어지는 계승의 씨앗을."

"라플렌의 씨앗이라……."

회상에 젖어 있던 치호는 갑자기 튀어나온 라플렌이란 이름에 호기심이 느껴졌다.

단순히 아이템인줄 알았는데 그게 아닌 것 같아 계속해서 말을 이었다.

"그것은 어디에 있지?"

치호가 자히드에게 묻자 자히드는 자신의 품 깊숙한 곳에 숨겨진 작은 씨앗 하나를 건넸다.

"이것이 라플렌의 씨앗입니다. 선대 악몽이 '악몽의 무덤'으로 들어갈 때가 되면 씨앗이 싹을 틔워 꽃을 피우고 꽃은 후대를 위한 씨앗 하나를 남기기 때문에 인정의 증표로 사용되고 있습니다."

자히드가 천천히 씨앗을 내밀자 치호는 그것을 건네받고, 이후 녀석을 감싸던 검은 연기를 풀어줬다.

감싸던 연기가 순식간에 풀려 버리자 자히드는 털썩 바닥에 쓰러지듯 주저앉아 치호를 올려다볼 뿐이었다.

그런 자히드와는 상관없이 치호는 검은 귀화가 타오르는 눈으로 씨앗을 물끄러미 바라보다가 자히드에게 말을 건넸다.

"네가 말한 '악몽의 무덤'이란 곳에 들어갈 때라는 것은 능력이 상실될 때를 말하는 것이냐."

"어… 어떻게! 그… 그렇습니다. 몸에 새긴 악몽의 술이 제 역할을 하지 못하면 씨앗이 싹을 피운다고 들었습니다."

"달무르. 이곳에서 그 부정한 힘을 키울 생각이었나. 어리석은 달무르여."

치호는 씨앗을 보며 달무르란 이름을 다시 한 번 읊조리며 고개를 가로저었다.

그러고는 손위에 올려진 씨앗을 향해 치호의 검은 연기를 천천히 보내자 씨앗은 치호의 검은 연기를 꾸역꾸역 흡수했다. 그러더니 치호의 손 위에서 순식간에 싹을 틔우고 이내 꽃을 피웠다.

라플렌의 씨앗이 순식간에 꽃을 피우는, 그 믿을 수 없는 장면을 눈앞에서 목도한 자히드는 경악에 가득한 시선으로 치호를 바라봤다.

"이럴 수가! 어… 어찌."

선대의 악몽, 아니 그 이전부터 내려오는 악몽들은 라플렌의 씨앗은 오로지 악몽의 이름을 받은 자만이 꽃을 피울 수 있다고 했다.

자신의 선대도 그러했고 자신도 그러하리라 생각했다. 하지만 눈앞에서 펼쳐지는 광경은 자신이 믿어왔던 것이 부정당하며 산산이 부서지는 느낌을 받을 만큼 충격적인 모습이었다.

"네 대에서 악몽의 이름은 끝이다."

"어… 어째서 꽃이……."

자히드는 활짝 피어버린 꽃을 보며 치호의 말을 들은 것 같지도 않았다.

치호는 활짝 핀 꽃을 보며 자신의 검은 연기를 모두 회수했고 그 연기는 점차 색이 옅어지며 흔적을 감추었다.

검게 타오르던 귀화도 연기와 함께 아스라이 사라졌다.

[라플렌의 꽃을 획득하였습니다.]

'이게 라플렌의 꽃이라니… 이런 곳에서 달무르의 흔적을 발견할 줄이야. 이것도 내 업보로군, 업보야.'

속으로 툴툴거리며 불만이 한가득인 모습은 일전의 치호의 모습으로 다시 돌아온 것 같았다.

툴툴거리면서도 바닥에 멍하니 주저앉아 있는 자히드를 보며 이야기했다.

"너, 그 힘의 부작용은 알고 쓰는 거지?"

자히드에게 말을 걸자 자히드는 순간 정신이 퍼뜩 차려진 듯 치호를 보며 대답했다.

"그렇습… 아니… 그렇다. 악몽의 이름으로 부족을 지켜야 하는 업을 지닌 이가 힘의 반동이 무서워 물러설 수는 없는 노릇."

"이런 힘에 손댈 만큼 절박했나? 어차피 투신 바르시의 시대에 초대 악몽이란 녀석이 있었다면서. 바르시의 비호가 부족할 만큼 힘이 필요했던 거야?"

"자세한 것은 모른다. 그저 계승되는 힘을 사용해 부족을 지킬 수 있다면 그것으로 만족할 뿐."

녀석은 치호의 분위기가 달라지자 얼른 말투를 바꾸었지만 처음과는 다르게 태도가 조심스러웠다.

그런 자히르를 보며 치호는 이 대책 없는 녀석이 불쌍해 보였다.

맹목적인 믿음에 눈이 멀어 자신이 받아야 할 고통을 한 치도 생각하지 못하는 머저리였다.

악몽이라 불리는 이들이 무덤을 만들어 죽을 때가 되면 그 곳으로 들어가는 이유는 대충 추측할 수 있었다.

이 부정한 힘에 절여진 자는 목숨이 다하면 다시 살아나 이지를 상실해 썩어가는 육신을 가지고 영원히 살아가야 하 리라.

그렇기 때문에 자신들을 스스로 봉인해 둘 장소가 필요했 을 것이다.

그렇지 않고서는 그 힘이 걷잡을 수 없이 퍼져 나가 자신의 부족들을 위험에 빠뜨릴 테니까.

"자히드. 날 악몽의 무덤으로 안내해라."

치호는 악몽이란 녀석들에게 안식에 들게 해야 하는 의무 감을 느꼈다.

자신이 의도한 것은 아닐지라도 자신의 힘의 파편 때문에 벌어진 일이기 때문에 못 봤으면 몰랐으되, 본 이상 그냥 지나 칠 수는 없었다. 게다가 라플렌의 꽃과 엮여 있다면 더더욱.

자히드는 치호의 말에 바로 대답하지 못하고 머뭇거렸다.

아무래도 이것저것 걸리는 것이 많은 모양인지 잠시 고민하다가 힘겹게 치호에게 말했다.

"하나… 곧 회합이 열린다. 그곳을 보호해야 하는 악몽의
의무를 저버릴 수는 없다."

"네 대에서 악몽은 끝이라 했다. 힘도 없는 녀석이 거기 가
봐야 뭐하게?"

치호의 이해할 수 없는 말에 자히드는 멀뚱히 치호를 바라
만 볼 뿐이었다. 그러다가 생각을 정리하고 입을 뗴었다.

"후인이여. 그대가 강한 것은 인정한다. 악몽의 힘을 제압할
만큼 힘이 있다고는 하나 악몽의 힘이 약한 것은 아니다. 난
선대의 유지를 이어 후인의 증인이 되는 사명을 받은 것은 사
실이나 그 위에 부족을 지켜야 할 의무가 있다. 루소라는 자
가 회합을 방해하러 간 이상 나는 그것을 저지해야만 한다.
이번 회합에 부족의 미래가 달려 있다. 그것을 방해하도록 둘
수는 없다."

녀석은 단호하게 자신의 입장을 밝혔다.

자못 말투에서 비장한 각오까지 느껴지는 것을 보면 녀석
이 이번 회합을 얼마나 중요하게 생각하는지 알 수 있을 것
같았다.

그런 자히드에게 치호가 퉁명스레 말했다.

"아니, 미안한데 넌 가봤자 도움이 안 될 거다. 네가 말하는
그 악몽의 힘이란 걸… 내가 회수했거든."

"이런 미친… 내게 무슨 수작을 부린 것이냐!"

자히드는 화들짝 놀라며 몇 번이고 반복해서 수인을 맺었다.

하지만 녀석의 몸에 새겨진 문신은 이전처럼 불타오르지도 않았고 어떤 반응도 나타나지 않았다.

"네 녀석이 가진 스킬의 힘인가? 어서 돌려놓아라. 이것은 부족을 지키는 최후의 보루. 여기서 잃어서는 안 되는 힘이다!"

치호는 자히드의 말을 듣고 뭔가 오해하는 듯했으나 굳이 그 오해를 풀어줄 필요는 없었기에 녀석의 말을 받아 적당히 대답했다.

"음, 이미 늦었어. 아까 내 힘에 둘러싸였을 때 강물이 바다로 흘러가듯이 자연스럽게 내게로 흘러들었거든. 게다가 그 힘, 너도 알잖아. 그런 식으로 쓰면 어떻게 되는지."

"후인이여, 반동은 두렵지 않다. 우리 악몽들의 업이니까. 하나 회합은 우리의 미래. 이 회합이 틀어지면 지금까지 우리 악몽들이 지켜온 것들이 허사가 될지도 모른다. 그러니……."

자히드는 아직도 힘을 되찾을 수 있다고 생각하는 것 같았으나 치호로서도 방법이 없었다.

한 번 돌아온 힘을 다시 돌릴 수도 없을뿐더러 그럴 수 있다고 해도 그러고 싶지 않았다.

눈앞에서 자신이 가진 저주와 비슷한 저주를 타인에게 내리는 그런 미친 짓을 하고 싶지는 않았으니 말이다. 치호는 그런 녀석을 보며 잠시 고민에 빠진 듯했으나 이내 결정을 내리고 자히드에게 말했다.

"후우, 좋아. 네가 날 악몽의 무덤으로 안내해 주면 그곳에서 최대한 빨리 일을 보고 네 녀석이 말하는 회합이 이루어지는 장소로 가서 그들을 보호해 주지. 그럼 됐나?"

"…좋다. 어쩔 수 없군. 후인이라면 그곳에 들 자격도 충분하니. 그럼 최대한 빨리 움직이도록 하지. 날 따라와라. 단, 약속은 반드시 지켜야 할 것이다."

자히드는 지금 내려야 하는 결정이 마음에 들지 않았지만 선택할 수 있는 선택지는 많지 않았기 때문에 어쩔 수 없이 치호를 악몽의 무덤으로 데려가기로 했다.

자히드의 얼굴에는 부족의 대한 걱정도 있었지만 자신의 대에서 악몽의 힘이 진정 끊기는 것에 대해 어떻게 생각해야 할지 판단이 서지 않는 것 같았다.

끊이지 않는 상념을 뒤로하고 치호와 자히드가 빠른 속도로 숲을 헤쳐 나가기 시작했을 때는 어둠만 가득하던 숲에 동이 조금씩 터오고 있었다.

　　　　*　　　　　　*　　　　　　*

꾸끼끼끽!

퍽.

치호의 도끼가 다시 한 번 허공을 갈랐고, 도끼가 가르고 지나간 곳은 괴물의 피가 흥건하게 튀어 녀석들의 비명이 숲을 가득 채우게 만들었다.

⟨경험치 650을 획득하였습니다.⟩

[레벨 업!]

"후우."

치호는 자히드와 악몽의 무덤의 가는 길에 끊임없이 나오는 숲의 괴물, 키베라몽을 상대하느라 기운이 다 빠질 것만 같았다.

그나마 갑옷에 붙어 있는 지구력 포인트가 효과를 발휘해 치호에게 가는 부담감을 좀 줄여주는 것 같았다.

그런 치호의 사냥하는 모습을 보고 자히드가 말했다.

"후인이여. 그대는 진정 테스터가 맞는 것인가? 그대가 사냥하는 모습을 보자면 테스터 같지 않군. 오히려 평생을 숲에서 살아온 전대 악몽보다 키베라몽의 사냥이 더 익숙해 보이는군. 대체 그런 움직임은… 믿을 수가 없군. 투신 바르시는 정녕 모든 걸 알고 그대를 선택한 것인가……"

"쓸데없는 소리 하지 말고 길이나 잘 잡아. 게다가 나름 스킬은 꾸준히 쓰고 있어. 이게 티가 안 나서 그렇지."

치호는 광인의 영역 선포의 효과를 톡톡히 보고 있었다.

이 영역에 들어오는 괴물이 있으면 그 즉시 메시지가 뜨니 이것만큼 편한 것도 없었다.

다만 이 키베라몽이라는 녀석들은 원숭이와 비슷하게 나무를 타고 몰려와 일부는 돌맹이나 과일같은 것을 나무 위에서 던지고 그것에 정신 팔린 치호의 측면을 노리는 영악한 짓을 하는 놈들이다.

움직임이나 녀석들의 손아귀 힘과 손톱은 무시할 것이 아니었지만 영역 안에서는 그 모든 것들이 허사였다.

괴물의 위치를 드러내 주는 테두리와 개체수가 표시되니 이보다 사냥이 쉬울 순 없었다.

그런 치호의 모습을 옆에서 보고 있자면 스킬도 따로 외치지 않고 침묵한 채 녀석들을 격살해 나가니 자히드가 스킬을 쓰지 않는다고 생각하기에 충분했다.

하지만 이런 식으로 키베라몽이 계속해서 나오게 된다면 치호도 지치는 것은 피할 수 없기에 한숨을 내쉬며 자히드에게 말했다.

"키베라몽이 이런 식으로 계속 나오면 곤란해. 악몽의 무덤까지는 아직 멀었나?"

"곧 도착할 것이다. 후인 덕분에 생각했던 시기보다 훨씬 빠르게 도착할 수 있을 것 같군. 키베라몽을 이렇게 빨리 처리하면서 움직일 줄이야. 정말 회합이 열리는 시간에 맞출 수도……."

자히드는 숲을 이동할 때 키베라몽의 습격 때문에 지체될 것이라고 생각했으나 치호가 나오는 족족 녀석들을 잡아 죽여 거의 시간이 지체되지 않자 희망이 조금씩 커져 표정이 점점 밝아지는 것 같았다.

자히드는 또 후인 어쩌고 하며 약한 소릴 지껄일 것 같아 치호는 녀석의 말을 대충 한쪽 귀로 흘리면서 지금까지 사냥으로 얻은 것들을 정리하기 시작했다.

'이제 레벨이 16이라… 변환 스킬도 이제 결정을 내려야겠군.'

치호는 최근 떠오른 메시지가 레벨이 올랐다는 메시지였기에 제일 먼저 눈이 갔다.

아무래도 지난번 인간 사냥을 할 때 레벨이 많이 오른 것 같았다.

현재 미지정 포인트를 쌓아둔 것이 25포인트나 있어 뭘 올려도 올려야 할 테지만 딱히 급한 것이 없어 보류해두고 있었다.

'변환 스킬이 고민이군.'

치호는 눈앞에 떠 있는 스킬 변환 항목을 보며 고심에 빠졌다.

변환 스킬로 나온 스킬의 효과가 마음에 들었기 때문에 신중하게 골라야 할 것 같았다. 시간이 얼마나 걸릴 것인지 예측할 수 없으니까 말이다.

제6장
부정한 힘 II

〈변환 가능 경험 항목〉

─ 추적술〈숙련도 MAX〉? 생존술〈숙련도 MAX〉, 암살술〈숙련
도 MAX〉? 대장기술〈숙련도 MAX〉, 단조술〈숙련도 MAX〉, 주조술
〈숙련도 MAX〉, 정신단련〈숙련도 MAX〉, 연금술〈숙련도 MAX〉, 연
단술〈숙련도 MAX〉? 선동술〈숙련도 MAX〉, 용인술〈숙련도 MAX〉,
의술〈숙련도 MAX〉, 약제술〈숙련도 MAX〉, 방패방어술〈숙련도
MAX〉.

스킬 변환 항목은 지난번과 마찬가지로 항목이 마구 떠오르기 시작했다.

일전에도 그랬지만 역시 이 항목을 보면 씁쓸한 기분이 드는 것은 어쩔 수 없었다.

하지만 치호는 애써 그 기분을 무시한 채 항목을 천천히 살폈다.

'이번엔 약제술을 선택해 봐야겠군. 지난번에 하만이 부탁한 것도 있고.'

치호는 문득 하만이 떠올라 약제술을 선택하자 역시 지난번과 마찬가지로 메시지가 떠올랐다.

[약제술을 선택하셨습니다. 관련 항목이 있습니다. 경험을 병합하시겠습니까?]

— 관련 항목: 의술, 침술, 조제술, 연단술, 활인술, 진맥술, 조합술, 재활술??

"병합."

치호는 망설임 없이 병합을 선택했다.

이번에는 어떤 종류의 스킬이 나올지 기대하면서 자히드의 뒤를 따를 때 녀석의 입에서 기다리던 말이 나왔다.

"후인이여, 도착했다. 저곳이 바로 악몽의 무덤 입구다."

치호는 자히드가 가리키는 곳을 응시하며 자그맣게 한숨을 내쉬었다.

풍겨지는 기운이 치호를 자극하는 것이 오랜 시간 켜켜이 쌓아올린 부정한 힘이 치호에게 반응하는 것만 같았다.

두 사람은 악몽의 무덤 앞에 나란히 서서 그 위용을 감상했다.

악몽의 무덤 입구에는 불상인의 출입을 거부하듯 거대한 석문이 가로막고 있었고, 그 석문의 표면에는 형이상학적 기호와 문양이 빼곡하게 그려져 있었다.

석문을 바라보던 자히드가 치호에게 자랑스러운 듯 말했다.

"어떤가. 우리의 자랑스러운 선조님들께서 이루어낸 찬란한 유산이. 역시 보는 것만으로도 절로 고개가 숙여지는군."

녀석은 석문의 위용을 보며 치호에게 자랑이라도 하듯 이야기했지만 치호는 그 문을 보며 확신을 굳혔을 뿐이다.

'이 석문, 그리고 문양과 기호. 달무르 그 녀석 취향답군.'

치호는 무덤의 입구를 가로막고 있는 석문을 보자마자 그 녀석이 떠올랐다.

지구에서 녀석을 처단하러 갈 때도 이런 거대한 문을 보고 감상했던 기억이 있었기에 같은 형식의 거대 석문을 보자 그

때 기억이 새록새록 떠올랐다.

'달무르. 대체 이곳에서 무슨 짓을 한 것이냐……'

석문에 가려져 있음에도 문 사이를 비집고 나오는 부정한 힘의 향취는 치호에게 조바심을 불러일으킬 정도로 짙게 퍼져 있었다.

이런 부정한 힘의 기운을 자히드는 성스럽게 여기는 듯했으나 본질은 부정한 사기일 뿐이다.

"좋아. 들어가자고. 한데 이거 문을 어떻게 여는 거야? 부수고 들어가도 되나?"

문을 열기 위해 이곳저곳을 둘러봤지만 도무지 열릴 기미가 보이지 않아 부수고 들어가려 하는 치호를 자히드가 급히 말리며 말했다.

"후인이여, 그럴 필요 없다. 제사장 자르코가 준 투신 바르시의 펜던트를 자격이 있는 자가 문의 중앙에 꽂으면 자연스레 열릴 것이다."

녀석의 말을 듣고 펜던트를 꺼내 문에 끼웠더니 석문이 거친 소리를 토해내며 열렸다.

아무런 저항감 없이 문이 열리는 것을 보면 투신의 후인이니 뭐니 하던 자격이 통한 것 같았다.

열린 문 안쪽은 마치 동굴처럼 그 깊이를 알 수 없을 정도로 깊게 터널이 뚫려 있었다.

햇불도 하나 없는 긴 터널은 마치 거대한 뱀의 아가리같이 음침하게 느껴졌지만 치호는 아랑곳하지 않고 성큼 그 안으로 발을 내디뎠다.

몇 걸음을 걸었을 때 뒤에서 따라오는 기척이 느껴지지 않아 고개를 돌려 자히드를 바라보니 녀석은 무덤 안으로 들어올 생각이 없는 것 같았다.

"자히드, 왜 들어오지 않는 거야? 설마 좀 어둡다고 겁먹은 건 아니겠지?"

자히드는 치호의 먹히지도 않을 농담에 피식 웃어주며 고개를 흔들며 말했다.

"그대를 도통 모르겠군. 경건한 마음으로 들어가도 모자랄 악몽의 무덤 앞에서 그렇게 태연자약하다니. 후우, 아무튼 난 그대와 달리 무덤에 들어갈 자격이 없다."

"자격이 없다니?"

"꽃을 피우지 못한 악몽은 그 무덤에 들어갈 자격이 없는 것. 나 또한 무덤에 들어가 선대의 흔적을 보고 싶은 마음은 간절하나 내게 그런 자격이 없는 것을 어찌하겠나. 후우… 악몽의 무덤에서 무엇을 할 것인지는 몰라도 부디 선대의 평안한 안식을 방해하지 말았으면 좋겠군."

치호는 녀석의 선대의 안식이니 평안이니 하는 뜬금없는 말에 기가 차서 되물었다.

아무래도 뭔가 잘못된 것 같았다.

"잠깐, 말이 이상한데? 너희 악몽들은 분명 힘의 반동을 알고 쓴다고 하지 않았나?"

"물론. 힘의 반동은 잘 알고 있지. 악몽의 힘을 쓸수록 수명이 줄어들지. 아니, 노화가 급격하게 진행된다고 표현해야 하나? 알고 있는 이야기를 상기시킬 필요 없다. 다 감수하고 사용하고 있는 것이니."

"수명이 줄어든다… 그다음은?"

"수명이 줄어들어 더 이상 문신이 작용을 하지 않게 되면 죽음을 준비한다. 꽃을 피우고 후대에게 씨앗을 넘긴 후 이 무덤으로 들어와 남은 시간 동안 선대의 흔적을 느끼며 영면의 준비를 하는 것이지."

자히드는 부정한 힘에 대해 말하면서도 계승되는 악몽의 이름에 대한 자부심이 흘러넘치는 것 같았다.

하지만 치호는 그런 자히드를 보며 손으로 이마를 짚으며 어처구니없다는 표정을 지었다.

"하… 이런 병신들."

"후인이여. 선대를 모욕하는 언사는 삼가줬으면 좋겠군. 투신 바르시를 대하는 언사도 그렇고, 그대는 선대를 너무 무시하는 경향이 있어. 후인이라면 그에 맞는 언사를 갖추라."

"하! 선대에 대한 언사? 네가 직접 보고도 그런 소리가 나올까? 자히드, 날 따라와라. 넌 진실을 봐야 할 의무가 있다. 네가 그렇게 자랑스러워하는 힘이 진정 어떤 힘인지, 다른 이는 몰라도 넌 그것을 봐야만 한다. 네가 그렇게 운운하는 그 자격, 충분하니까 들어와. 그리고 직접 보고 판단해."

자히드는 요지부동이었지만 치호의 단호한 말에 약간은 흔들리는 것 같았다.

여전히 들어올 생각을 못 하는 자히드에게 치호가 쐐기를 박았다.

"흥, 자격이 문제야? 넌 분명 나한테 후인의 증인이라고 하지 않았나? 그럼 그 후인이 무얼 하는지 그것도 모르고 증인이라 자처할 셈인가?"

"하… 하지만 선대 악몽의……."

"그만. 넌 이미 악몽이 아니다. 그래도 문제가 있다면 네가 그렇게 좋아하는 후인의 이름으로 명하지. 닥치고 따라와."

자히드는 치호의 말에 얼굴을 한껏 일그러뜨렸으나 치호의 말이 틀린 것도 아니었기 때문에 잠시 고민하다가 포기하는 눈치였다.

치호의 말대로 악몽의 힘을 사용하지 못하는 악몽은 더 이상 악몽이 아니기에.

*　　　*　　　*

철벅철벅.

악몽의 무덤 안으로 들어가면 들어갈수록 음습해지는 기운은 더욱더 짙어졌다.

바닥도 습해서 마치 늪지대를 걷는 것처럼 진득한 진흙이 치호와 자히드의 발을 자꾸만 잡아챘다.

"흠… 후인의 말대로 생각보다 선대들에게 편안한 잠자리는 아닌 것 같군."

자히드도 점점 무덤의 중심부로 들어가면 들어갈수록 느껴지는 음습함을 느낀 것인지 말이 많아졌다.

자신이 머릿속에 그리던 모습과 전혀 다른 무덤의 모습에 당황한 것 같았다.

"잔소리 말고 횃불이나 똑바로 들어. 아직 실망하기에는 이를걸? 마음의 준비 단단히 하고 있어."

치호는 가볍게 자히드를 타박하고 주변을 경계하며 무덤의 중심부를 향해 다시금 발을 뻗으려는 순간 치호의 눈앞에 메시지가 떠올랐다.

[셀렌의 안목 숙련도가 1 상승합니다.]

'음?'

급작스레 떠오른 스킬 셀렌의 안목의 숙련도가 상승했다는 메시지를 보고 치호는 미간을 좁혔다.

스킬 광인의 영역 선포를 익힌 이후 대상 감지 효과가 셀렌의 안목에 어떤 영향을 미쳤는지 빠르게 숙련도가 상승하고 있었다.

빠르게 상승하는 셀렌의 안목 숙련도는 이번에 오른 것까지 하면 6에 달했다.

그에 반해 투사의 발걸음은 숙련도가 9에서 성장을 멈추어 도통 오를 기미가 보이지 않고 있었다.

하나 단순히 숙련도가 올랐다는 메시지였다면 좋으련만 그런 의미가 아니었다.

지금 이 메시지가 떠올랐다는 것은.

"스테이터스 상세 확인."

"음? 무슨 일인가, 후인이여."

치호는 재빨리 스테이터스 창을 열었다.

바로 옆에 있던 자히드는 치호가 뜬금없이 외치는 의미 모를 소리에 의문을 표했지만 그런 사소한 걸 신경 쓸 겨를이 없었다.

〈스테이터스 상세〉

— 종족(격): 인간(일반 테스터 — 개척자)

— 이름: 황치호 (Lv. 16)

— 특성: 불사의 괴인 [???]

—. 직업: (미정)

— 기본 능력 (미지정 포인트 +25)

근력: 78[+0(18) +10%] 〉 86

지구력: 208[+0(198), +20%] 〉 250

민첩: 68[+0(48), +10%] 〉 75

마력: 42[+0(32), +10%] 〉 46

기량: 171[+0(161), +10%] 〉188

— 추가 능력: 이동 속도 +12%, 세 번째 충격 시 +100% 대미지, 저항력 +25%

— 획득 칭호: 카미유 학살자, 고독한 사냥꾼, 종의 운명 결정자, 자이언트 킬링(1), 마지막 비원을 이룬 자(1)

치호는 떠오른 스테이터스 포인트를 확인하고 잠시 고민하는 듯하다가 민첩과 마력에 각 10씩 포인트를 분배했다.

광인의 영역 선포 효과 덕에 갑옷이나 도끼 등에 붙은 스테이터스 포인트가 모두 본신의 스테이터스 포인트로 전환되었기에 상대적으로 수치가 낮은 두 항목에 투자한 것이다.

[미지정 포인트 사용에 신중을 기해주십시오. 미지정된 20포인트를 민첩과 마력에 각 10씩 투자하시겠습니까?]

"그래. 후우."

치호의 말이 끝나자마자 찾아오는 짜릿한 격통을 다시금 느꼈다.

스테이터스를 올릴 때마다 당연한 듯 찾아오는 격통은 치호에게 불쾌감을 선사했다.

그래도 지난번 광인의 영역 선포 덕에 경험했던 격통에 비하면 이번 고통은 참을 만했다.

그렇게 몸의 변화가 가라앉기를 기다리며 잠시 숨을 고르는 사이 치호에게 자히드가 물었다.

"후인이여. 누구와 이야기하는 것인가. 흠… 좀 걱정되기도 하는군."

테스터가 아닌 자히드에게는 이런 광경이 생소해 보일 수도 있었다. 자히드의 그런 순박한 표정에 치호는 피식 웃으며 대답했다.

"자히드, 준비해. 이번엔 좀 긴 싸움이 될 것 같으니까."

치호의 말을 들은 자히드는 재빨리 자신의 허리춤에 찬 무기에 손을 올렸고 그와 동시에 치호와 자히드 앞의 땅이 들썩이며 거대한 괴물의 동체가 모습을 드러냈다.

키시시시.

[미확인 생명체 108개체가 감지되었습니다. 제거 대상으로 등록하시겠습니까?]

모습을 드러낸 괴물은 질척한 땅을 가르고 솟아 나와 그 동체를 드러냈다.

땅에서 나온 괴물의 모습은 전체적으로 지네를 닮아 있었는데 번들거리는 등딱지와 수십 개의 날카로운 다리는 보는 이로 하여금 혐오감을 불러일으키기 충분했다.

게다가 땅에서 솟아난 그 몸의 길이가 10m는 되어 보였는데, 아직도 그 몸이 전부 밖으로 나오지 않았는지 징그러운 몸뚱이를 흔들어대며 남은 부분을 땅에서 계속 끄집어내고 있었다.

"후… 후인이여. 저 괴물들은 대체……."

자히드는 무덤에서 생각지 못한 괴물이 튀어나오자 말까지 더듬으며 치호를 바라볼 뿐이었다.

게다가 처음 보는 종류의 괴물이었는지 생경한 광경에 넋을 놓고 있는 듯했다.

"등록! 정신 차려, 자히드. 상대할 수 있겠어? 상대할 수 없을 것 같으면 멀리 떨어져 있어. 방해되니까."

[미확인 생명체 108 개체 제거 대상으로 등록. 압도 효과 발동합니다]

치호의 도발이 섞인 말에 정신이 번쩍 들었는지 자히드는 허리춤의 검을 거칠게 뽑아내며 말했다.

"후인이여. 악몽의 업을 이은 나의 이름을 모욕하지 말라! 비록 악몽의 힘을 잃었다고는 하나 악몽의 이름 이전에 투사 자히드이기도 하다. 선조의 무덤을 더럽히는 저런 더러운 종자들을 보고도 물러설 나약한 투사는 없다."

자히드는 괴물들이 몸뚱이를 드러내면 드러낼수록 선조의

무덤이 파헤쳐지고 부서지는 모습을 보자 괴물들의 모습을 보고 어리둥절해했던 처음의 모습은 이미 사라지고 없었다. 오직 얼굴에는 점점 분노의 감정이 차오르는 듯 보였다.

"흥. 하여간 그놈의 선조, 선조. 죽지나 마라."

그런 자히드를 보며 약간 걱정스러운 듯했으나 괴물들의 기세가 만만치 않았기 때문에 더 이상 지체할 시간이 없었다.

"투사의 발걸음."

치호는 투사의 발걸음을 외치고 빠르게 녀석들을 향해 달려 나갔다.

괴물들이 날뛸수록 무덤 자체가 흔들리는 것이 불안하게 느껴져 빠르게 괴물들을 처리할 심산이었다.

다만 녀석들의 숫자가 많아 생각처럼 빠르게 끝낼 수 있을지는 미지수였지만.

키시시시.

기묘한 울음소리를 내며 몸을 땅에서 모두 끄집어낸 괴물은 달려드는 치호를 향해 날카로운 이빨을 들이밀었다.

하지만 녀석의 큰 몸뚱이는 치호를 제대로 맞히지 못하고 그대로 벽을 들이받았다.

쿠웅.

녀석이 벽을 들이받아 생긴 충격이 무덤을 뒤흔들었다.

그러나 그런 충격 따위 상관없다는 듯 전혀 아랑곳하지 않고 치호는 재빨리 녀석의 등딱지에 올라타 그대로 도끼를 내려찍었다.

끼기긱.

'흥. 생각대로 미끄러워.'

자신 있게 내뻗은 치호의 도끼는 녀석의 번들거리는 등딱지에 제대로 대미지를 주지 못하고 그대로 미끄러지며 애꿎은 불똥을 만들어냈다.

하지만 치호는 예상했던 것이기 때문에 당황하지 않고 발을 굴러 그대로 등딱지에 다리를 박아 넣었다.

파각!

키시식!

치호의 발이 괴물의 번들거리는 등딱지를 파고들자 괴물은 이상한 소리를 내며 버둥거렸다.

하지만 단단하게 고정된 치호의 다리는 녀석이 몸부림치는

것과 무관하게 안정된 자세를 취할 수 있게 해주었다,

또한 고정된 다리를 이용해 체중을 실어 녀석의 등딱지와 등딱지가 연결되는 부위를 노려 그대로 내려쩍었다.

키시시식!

이번에는 제대로 들어간 듯 녀석의 반응이 심상치 않았다.

몸통이 반쯤 잘리자 체액을 뿜어내며 발광을 시작했다.

치호는 굳건히 박혀 있는 다리를 빼내어 자리를 피하면서 녀석의 몸통에 붙어 있는 수십 개의 다리 중 하나를 끊어냈다.

콰직.

녀석의 다리는 등껍질과 마찬가지로 번들거리고 단단했다.

그러나 그 끝이 송곳처럼 날카로웠기 때문에 그것을 끊어내자마자 지체할 시간도 없이 발광하는 녀석의 머리로 다가가 그대로 머리에 녀석의 다리를 박아 넣었다.

괴물의 다리가 말뚝처럼 머리를 관통해 박히자 녀석의 꿈틀대던 몸이 점점 진정 되는 듯하더니 이내 그 움직임이 멈추었다.

〈인가되지 않은 미확인 생명체 아트로페스를 발견, 처치하였습니다.〉

〈'감시자' 칭호를 획득하였습니다.〉

〈추가 보상을 얻습니다.〉

〈경험치 1,180을 획득하였습니다.〉

〈추가 획득: 경험치 2,500을 획득하였습니다.〉

〈25실버 98브론을 얻었습니다.〉

〈추가 획득: 1골드를 획득하였습니다.〉

'음?'

괴물의 체액을 뒤집어쓴 치호는 떠오르는 메시지를 보며 의문이 들었지만 한가하게 메시지나 확인할 시간 따위는 없었다.

치호의 등 뒤로 무덤을 흔들며 달려오는 녀석들이 아직 107마리는 남아 있으니까.

"자히드! 방금 내가 사냥한 방법대로 사냥하면 된다! 무리하지 말고 위험하면 바로 몸을 빼."

"과연 투신의 기술은 아름답군. 걱정 마라. 투신의 이름에 먹칠하지 않을 테니."

자히드는 당차게 말하며 아트로페스 중 하나를 선택해 자신 있게 뛰어들었다.

치호는 그 모습을 본 후 미친 듯이 달려드는 아트로페스의 무리 한가운데로 뛰어들었다.

*　　　　*　　　　*

키시싯!

"크핫! 어떠냐, 이 괴물들! 선대의 영면을 방해한 대가다."

자히드는 아트로페스 하나와 사투를 벌인 후 승리의 포효를 내질렀다.

자히드는 아트로페스와의 전투가 치열했는지 온몸에 녀석에게 베인 상처가 수두룩했고 그곳에서는 피가 끊임없이 흘러내려 위태위태해 보였다.

하지만 자히드는 그런 상처 따위 상관없다는 듯 다음 상대가 자신을 노리는 것을 대비했지만 달려드는 다른 괴물이 없어 의아해했다.

그 순간 들리는 소리 하나.

꾸드득. 파각.

키시싯!

쿠웅.

"후우."

자히드의 시선이 도착한 곳에서 마지막 아트로페스를 처리한 치호가 수북이 쌓인 아트로페스의 사체 위에 앉아 숨을 고르고 있었다.

아트로페스의 사체가 재가 되어 사라지는 속도보다 쌓이는 속도가 더 빨라 사체로 작은 언덕을 만든 것이다.

치호는 사체 위에 걸터 앉아 자히드에게 타박하듯 말을 건넸다.

"한 마리 잡아놓고 무슨 생색을 그렇게 내? 누가 보면 네가 다 잡은 줄 알겠네."

"어… 어떻게……."

"뭐, 처음 사냥하는 방법은 네 녀석을 위해 보여준 거니까. 네가 믿을진 모르겠지만… 아무튼 경력이 달라 경력이."

치호가 보기에 자히드가 꽤 쓸 만해 보이는 투사라도 녀석의 사냥하는 방식을 보면 아직 걸음마도 떼지 못한 아이처럼 서툴게 느껴지는 것은 어쩔 수 없었다.

지금까지 치호가 쌓은 경력에 비하면 자히드의 사냥 경력은 찰나의 순간에 지나지 않으니까.

이런 세세한 것까지 설명해 줄 수가 없어 자히드의 눈치를 슬쩍 봤으나 녀석은 자신의 말이 들어오지도 않는지 멍하니 쌓인 사체를 보며 말을 잇지 못하고 서 있을 뿐이었다.

치호는 얼빠진 표정을 짓고 있는 녀석을 한심하게 바라보며 인벤토리에서 포션 하나를 꺼내 던졌다.

"그거 먹고 회복이나 좀 해. 상처를 하고는… 버거우면 빠져 있으라니까."

"아… 이건 테스터들이 쓰는 포션이군. 잘 쓰겠다, 후인이여."

"이제 나도 포션 없으니까 다음에 그렇게 다치면 답 없어. 너도 이젠 적당히 빠지는 것도 배워야 할 거야. 악몽의 힘이 없으니까 예전처럼 싸우다간 너 죽어."

"흐음… 알았다, 후인이여."

얼결에 포션을 받아 든 자히드가 정신을 수습하고 치호가 주는 포션을 단숨에 마셨다.

원주민들에게도 포션의 효과가 통하는지 상처가 빠르게 회복해 나갔다.

치호는 자히드가 회복되기를 기다리며 전투 중 떠오른 메시지를 확인했다.

'호오. 이것 봐라?'

치호는 떠오르는 메시지를 쭉 읽어 내려가다가 인가되지 않은 미확인 생명체라는 부분에서 치호의 시선이 멈췄다.

'딱 108마리라고 해서 걸리기는 했다만… 달무르, 너 아주 여기가 마음에 든 모양인데.'

그때도 그랬다.

지구에서도 녀석을 만나기 위해 거대한 문을 지났을 때였는데, 수호자니 뭐니 하면서 이상한 짐승들을 때려잡은 기억이 있다.

그때 얼마나 잡았는지 세세하게 세어보진 않았으나 녀석을 처단한 후 말하기 좋아하는 녀석들이 108마리의 마수니 108악마니 하면서 쓸데없이 말을 퍼뜨렸기 때문에 숫자를 기억하고 있었다.

그 재미있는 숫자를 이 녀석이 다시 재현했다고 생각하니 한편으론 웃기기도 하면서 씁쓸한 마음이 들었다.

혼자 이곳에서 떨어져 과거의 흔적을 재현하고 있었던 녀석의 쓸쓸한 모습을 상상하니 모든 것이 자신 때문에 일어난 일 같아 마음이 편치 않았다.

자신이 힘의 파편을 녀석에게 건네지 않았다면 달무르가 그렇게 변하지 않고 모두에게 추앙받는, 명예로운 주술사로 삶을 마감했을지 모르니까.

'한데 미확인이라… 이곳을 만든 놈들도 모든 걸 파악한 건 아닌가 본데. 쥬드 때도 그렇고.'

치호는 점점 과거의 기억과 감정의 파도가 밀려오자 애써 마음을 다잡으며 메시지를 읽었다.

〈칭호 ― 감시자〉

― 테스터 필드의 시스템을 피해 테스터들을 기만하는 자의 흔적을 발견하고 파괴한 자.

― 특수 효과: 저항력 +5%, 기량 +35

― 흔적을 발견하고 파괴할 때마다 저항력이 5%, 기량이 10씩 상승합니다.

'흠… 기만하는 자?'

치호는 칭호의 특수 효과는 마음에 들었지만 그 내용은 그다지 마음에 들지 않았다.

어쩐지 그들이 직접 해야 할 일을 자신에게 떠넘기는 듯한 느낌이 들어 썩 기분이 좋은 것만은 아닌 내용이었다.

하지만 이런 감상을 누군가에게 말할 것도 없었기에 메시지를 끝까지 읽어 내렸다.

'하. 여기가 완전 노다지였군, 노다지야.'

메시지를 읽어 내리던 치호는 추가 골드와 경험치가 아주 마음에 들었다.

추가 경험치 때문에 레벨은 3개나 올라 19가 되어 있었고 돈도 100골드가 넘는 돈이 들어와 있었다.

지난번 루소의 패거리들 때문에 날린 돈을 훌쩍 뛰어넘는 돈이었다.

칭호의 내용 때문에 상했던 기분이 어느 정도 풀리는 것 같았다.

"후인이여, 좋은 일이 있나? 얼굴에 웃음꽃이 피었군."

자히드는 치호의 얼굴이 시시각각 변하자 그것이 재미있다는 듯 바라보다가 마지막에 피식피식 웃고 있는 모습을 보고 말을 건 듯했다.

"아무것도 아니야. 흠, 상처는 좀 어때?"

"후인이 준 포션 덕분에 충분히 회복된 것 같다. 걱정을 해 주니 고맙군."

치호가 녀석의 상처를 살펴보니 자히드의 말대로 상처는 어느 정도 아물어 움직이는 데 지장이 없어 보였다.

"좋아. 그럼 다시 움직이지."

"한데 무덤에 저런 괴물들이 어째서 있는 것인지 납득할 수가 없군. 선대 악몽들은 저런 괴물들을 피해서 중심부로 갔다는 것인가? 힘도 잃은 채로… 후……."

치호는 고개를 절레절레 흔들고 있는 녀석에게 무언가 말해

주고 싶었지만 그만두었다.

백 번 말하는 것보다 한 번 보는 게 나을 테니까.

자히드는 멀리 떨어져 있는 횃불을 다시 들었다.

아직도 길게만 뻗어 있는 무덤의 어두운 통로는 음산한 기운을 더해만 가는 것 같았다.

그런 기운에 아랑곳 않고 치호와 자히드는 전방의 어둠을 경계하며 천천히 걸음을 옮겼다.

"도무지 끝이 없군. 자히드 뭐 아는 것 없어? 무슨 무덤이 이렇게 길어?"

"그렇기에 선조들이 대단한 것이지. 그분들 또한 이 길을 걸었다고 생각하니 감개가 무량하군."

아까처럼 괴물이 나와서 레벨을 올리는 것도 아니고 지루하게 이어지는 긴 무덤의 통로에 점점 짜증이 올라오는 것 같았다.

깊이 들어갈수록 부정의 힘이 짙어져 신경이 날카로운데 멍청하게 선조 어쩌고 하며 황홀한 표정을 짓고 있는 자히드를 보니 짜증이 올라왔다.

그런 자히드를 보며 타박하려는 순간 치호의 눈앞에 통로의 끝이 보였다.

"드디어 도착했나 보군."

두 사람이 통로의 끝에서 마주친 광경은 악몽의 무덤이라는 이름과 어울리지 않는 꽃밭이었다.

거대한 공동에 핀 넓은 꽃밭은 그 아름다움을 한껏 뽐내며 두 사람을 기다리고 있는 듯했다.

제7장
달무르

치호는 무덤의 긴 통로에서 빠져나와 공동으로 들어섰다. 눈앞에 펼쳐진 넓은 꽃밭에 치호와 자히드는 말을 잇지 못했다.

두 사람은 서로 다른 감정으로 꽃이 만개한 공동을 바라보는 듯했다.

"…최악이군."

"악몽의 계승자 자히드. 그 사명을 끝까지 완수하지 못한 못난 후배가 선대 악몽을 뵙습니다."

자히드는 꽃밭에 들어갈 생각도 못 하고 그 앞에서 무릎을 꿇고 이마를 바닥에 붙였다.

이런 태도를 보이는 이유는 공동에 피어 있는 꽃들이 자히드가 피우지 못한 라플렌의 꽃이었기 때문이다.

자히드가 그렇게 피우지 못해 안타까워하던 그 라플렌의 꽃들이 피처럼 붉게 피어올라 그 도도한 자태를 뽐내며 공동을 가득 채우고 있었다.

그 광경을 보고 자히드는 감격의 눈물까지 흘리는 것 같았으나 치호의 태도는 그와는 상반되게 얼굴이 일그러져 있었다.

"여기서 대체 뭘 하고 싶었던 거냐. 달무르."

치호는 한껏 일그러진 표정으로 꽃밭을 가로질러 성큼성큼 걸어 들어갔다.

공동의 맞은편 끝에는 거대한 오벨리스크가 세워져 있었고 오벨리스크의 하단에는 빼곡하게 각인된 글들이 치호를 반겼다.

'달무르……'

치호는 달무르를 생각하며 오벨리스크의 벽면에 각인된 글자를 천천히 읽어 내리기 시작했다.

세월의 흔적인지 아니면 다른 이유 때문인지 중간중간 훼손된 부분이 있어 제대로 글을 읽기는 힘들었지만, 그래도 이것을 읽으면 녀석이 무엇을 생각하면서 이딴 부정한 힘들을 모으고 있었는지 추측할 수 있을지도 몰랐다.

[망량의 지배자, 심연의 목격자 나 달무르가 고한다.

존재하는 모든 이들이여, 어둠을 준비하라.

그때를 대비해 힘을 키우라.

…거부한 수백의 귀면을 가진 어둠이 내릴 때,

모든 걸 파괴할 …의 마신이 모든 것을 먹어치울지니,

다가올 어둠을 대비하라.

……:

어둠에 대비해 힘을 남긴다.

악몽의 힘을 이은 자들은 영원히 그대의 권속이 될지니,

그 힘을 받아들여 어둠에 대비하라.

…의 본성이 눈뜰 때 그대들은 영원한 어둠 속에서

진정한 악몽이 무엇인지 깨닫게 될 것이다.

어둠을 경계하고 힘을 키우라.

테스터라도 좋다.

이곳의 원래 주인이었던 자들이라도 좋다.

그 누구라도 이 힘을 가지고 어둠에 대항할 힘을 키우라.

어둠이… 본성을 깨우지 말라.

…때 진정한 악몽이 모든 걸 집어삼킬지니.]

'흠…… 어둠? 악몽? 설마 어둠이 나를 말하는 건 아니겠지? 달무르.'

달무르가 남긴 듯한 글귀를 보며 생각에 빠졌다.

혹여 어둠이란 것이 자신을 빗대어 표현한 것은 아닌지 생각했다.

달무르에게 죽음의 형을 선고한 것이 자신이기 때문에 그에게는 자신이 어둠이라 생각할 수도 있었으니 말이다.

훼손이 좀 덜했더라면 확실히 알 수 있을 텐데 아쉽게도 더이상의 글귀는 모두 파괴되어 있어 알아보기 힘들었다.

어쩌면 달무르는 자신의 힘을 연구하다가 새로운 무언가를 발견했을지도 모른다.

달무르가 남긴 글귀의 어둠이란 것에 대해 생각할 때 자히드가 치호를 불렀다.

"후인이여, 이곳에 투신과 악몽에 대한 기록이 있군."

"호오. 그래?"

상념을 지우고 자히드가 가리키는 곳을 보자 그곳도 마찬가지로 글귀가 각인되어 있었다.

하나 방금 전의 각인과는 다르게 내용은 얼마 되지 않았다.

[바르시, 그대는 어둠을 모른다.

어둠 앞에서는 그 어떤 마수도 순한 양과 같음을.

스스로의 힘을 과신하는 어리석은 바르시여.

그대는 어둠을 경계해야 할 것이다.

하여 그대의 후손들에게 나의 힘을 남긴다.

악몽의 힘을 이은 자가 그대의 후인을 지켜볼 것이다.

그대의 후인이 오만함의 대가를 치루는 모습을.

그대의 어리석음을 깨닫고 후회하라. 바르시여.]

글귀는 거기서 끝이었다.

글의 내용을 보면 바르시와 달무르는 사이가 그다지 좋지 않은 것 같았다.

아마도 바르시가 달무르의 뜬구름 잡는 말에 동조하지 않고 무시했던 것 같다.

어둠이니 하는 말을 곧이곧대로 믿을 녀석은 없을 테니까.

'지금 투신이라고 불리는 자라면… 어쩌면 달무르의 힘의 근간을 눈치챘는지도 모르지.'

어쩌면 바르시는 달무르의 힘의 근원을 눈치채고 녀석을 배척했는지도 몰랐다.

그때 상황을 알 수 있는 방법이 없어 궁금증은 더 커져갔지만 그것을 풀 수 있는 방법은 없었다.

"그런 것이었군. 그래서 악몽의 힘을 이은 자가 대대로 증인으로 간택되는 것이었어. 한데 두 분은 서로 사이가 좋지 못했던 것인가."

자히드 역시 새겨진 글귀를 읽고 치호처럼 의문이 드는 것 같았으나 그러한 의문은 치호도 풀어줄 수 없었기에 오벨리스크를 좀 더 둘러보고 주변을 살폈다.

하지만 라플렌의 꽃과 오벨리스크만 덩그러니 있는 공동에는 더 이상 특이점이 발견되지 않았다.

"한데… 선대 악몽들의 시신은 어디에 있는 것인지 모르겠군. 후인이여, 혹 선대 후인들이 잠든 곳을 우리가 지나친 것인가?"

자히드는 선대 악몽들의 흔적이 보이지 않자 치호에게 물었다. 혹여 지나쳤다면 그곳을 찾아가고 싶은 모양이었다.

그런 자히드에게 치호는 가라앉은 목소리로 차분히 자히드를 불렀다. 치호의 눈앞에 메시지가 떠올랐기 때문이다.

[셀렌의 안목 숙련도가 1 상승합니다.]

"흠… 선대 악몽들이라… 자히드. 이쪽으로 와라."

치호의 목소리에서 무언가 느낀 것인지 자히드는 긴장을 하며 치호에게 다가왔고 치호는 슬며시 횃불을 바닥에 내려둔 채 도끼에 손을 올렸다.

"후인이여, 혹 스킬로 괴물이라도 감지한 것인가? 아직도 무덤을 더럽히는 종자들이 있다니. 간과할 수가 없군."

자히드는 지금껏 치호와 같이 행동해 왔기 때문에 말하지 않아도 치호가 하는 행동을 보면 괴물이 근처에 있다는 것을 쉽게 예측할 수 있었다.

"자히드, 이번엔 네게 힘든 싸움이 될 수 있다. 마음 단단하게 먹어라. 아까도 말했지만……."

"걱정 마라. 적당히 빠지면서 싸우도록 하지."

자히드는 치호의 말을 자르며 얼른 다가올 전투를 준비했다.

자신만만한 모습을 하는 자히드를 보고 치호는 씁쓸한 감이 들었지만 어쩔 수 없다.

이 모습을 보여주기 위해 자히드를 데리고 온 것이니까.

괴물이 나타나기를 기다리고 있는 그 영겁 같은 찰나의 순간이 지나자 횃불의 불빛이 미치지 않는 공동의 저 끝에서 안광이 한번 번뜩이는가 싶더니 순식간에 거리를 좁혀 그대로 자히드에게 달려드는 무언가가 보였다.

"자히드!"

검은 물체는 자히드를 향해 직선으로 달려와 순간 도약하더니 그대로 자히드의 머리통을 향해 무언가를 내려찍었다.

하지만 자히드 역시 온몸을 긴장감으로 팽팽히 당겨놓았기 때문에 그 공격에 어렵지 않게 응수할 수 있었다.

끼기긱.

두 개의 검이 맞부딪혀 서로의 날을 긁어가며 힘을 겨루는 모습이 이어지는 순간 자히드의 눈에 비친 습격자의 모습은 괴물이 아닌 인간이었다.

거기다 습격자가 검을 내지르는 방식 또한 어딘지 모르게 낯익은 방식이었다.

그렇기에 쉽게 다음 수를 예측한 자히드는 습격자가 다음 수를 쓰기 위해 움직이려는 찰나 검을 쥐지 않은 한쪽 손으로 허리춤에서 단도를 재빨리 꺼내 습격자의 목줄기에 틀어박는 데 성공했다.

자히드를 습격한 녀석은 단검이 틀어박힌 목을 감싸 쥐며 그대로 자리에 허물어졌다.

"인간……? 이게 무슨!"

자히드는 허물어지는 습격자의 모습을 보고 소스라치게 놀랐다.

자신과 힘을 겨룬 자는 분명 인간이었다. 더군다나 자신과 비슷한 종류의 검을 사용하고 있었다.

숲에서 사용하기에 용이하도록 성형된 검이었다.

현재 이 무덤에 출입한 것은 치호와 자신밖에 없을 터.

다른 인간이 존재한다는 것은 있을 수 없는 일이기에 치호를 돌아보며 말했다.

"후인이여! 인간이다. 아는 바가 있는가?"

"조심해!"

치호의 대답에 다시금 전방을 주시한 자히드는 눈앞에 펼쳐지는 광경을 믿을 수 없었다.

"어… 어찌 이런."

라플렌의 꽃 위에 쓰러진 공격자는 라플렌의 꽃에서 뿜어져 올라오는 검은 연기를 취하며 목에 틀어박힌 검을 천천히 밀어내고 있었다.

툭.

습격자의 목에 틀어박혔던 자히드의 단검은 툭 하는 짧고 둔탁한 소리를 내며 바닥에 떨어졌고 동시에 녀석은 다시 한 번 자히드에게 도약했다.

하지만 이번에는 습격자가 자히드에게 도착하기도 전에 치호가 공중에서 그것을 저지했다.

"흡!"

치호는 도끼를 꺼내 들어 공중에서 단번에 녀석의 팔 한쪽을 끊어내고 착지와 동시에 녀석의 다리를 끊어냈다.

깔끔한 연격은 습격자가 예상치 못한 타이밍에 공격이 들어와 너무 쉽게 쓰러지는 듯 보였다.

끄르르륵.

인간이라면 마땅히 지를 법한 비명조차 내지 않고 피 끓는 가래 소리만 뱉어내고 있었다.

또한 녀석은 팔다리가 잘려 몸뚱이만 남은 채 바닥에 쓰러졌으나 아직도 숨이 끊어지지 않았는지 꿈틀거리고 있었으며 동시에 주변의 라플렌의 꽃은 순식간에 시들며 검은 연기를 토해내면서 팔다리가 잘린 녀석을 치료하려는 것 같았다.

하지만 녀석은 고통 따위 느껴지지 않는 듯 여전히 신음조차 내지 않고 단지 썩은 생선의 눈처럼 탁한 눈동자를 이리저리 굴려댈 뿐이었다.

치호는 그 광경을 보며 얼굴을 굳혔고 자히드는 그런 공격자에게 다가가 녀석을 살피고는 다급한 표정으로 치호에게 따져 물었다.

"이… 이게 어떻게 된 일인가! 후인이여!"

그런 자히드를 보며 치호는 잠시 망설이다가 단호한 목소리로 말했다.

그 목소리는 자히드를 처음 만났을 때처럼 무엇인가를 강제할 만큼의 힘이 담기지는 않았으나 일전의 자히드가 처음 느꼈던 공포스러운 기억을 꺼내기에는 충분한 목소리였다.

"네가 사용한 악몽의 힘의 말로다. 고개를 돌리지 말고 떳떳이 응시해라. 아직도 악몽의 힘이 부족을 지키는 성스러운 힘으로 느껴지는가, 자히드."

"그… 그럴 리가. 선대 악몽들은 영면에 들었을 터, 이런 괴물이 되었을 리가 없다."

"진실을 외면하지 마라. 저 괴물에 몸에 새겨진 문신, 전투 방식, 그리고 그 검까지. 네 녀석도 느꼈을 텐데."

"하… 하지만."

[시전자의 기량에 미치지 않는 98개체가 감지되었습니다. 제거 대상으로 등록하시겠습니까?]

메시지가 떠오르자 치호는 더 이상 시간을 지체할 수 없다는 듯 말했다.

"자히드. 더 이상 네 응석을 받아줄 시간이 없다. 이번 전투는 나 혼자 싸운다. 네가 할 일은 이번 전투를 눈에 새기는 것이다. 그리고 똑똑히 기억해라. 악몽이란 힘의 추악한 모습을 말이다."

자히드에게 더 이상의 대답은 듣지 않겠다는 듯 단호히 고개를 돌린 치호의 발치엔 검은 연기가 피어올랐고, 그 연기가 피어오름과 동시에 어둠 속에 숨어 안광을 빛내던 녀석들은 마치 치호의 검은 연기를 탐내듯 미친 듯 달려들었다.

"등록."

[98명 제거 대상으로 등록. 압도 효과 발동합니다.]
[광인의 영역 선포 숙련도가 1 상승합니다.]

치호는 메시지가 떠오르기도 전에 녀석들을 향해 달려 나갔고 자히드는 그런 치호의 등만 멍하니 바라볼 뿐이었다.

치호의 검은 연기가 훑고 지나간 자리에는 팔다리가 잘린 습격자가 생기를 빨린 것 같은 비쩍 마른 미라처럼 변해 있었다.

치호의 검은 연기는 선대 악몽들을 유인하는 최고의 미끼가 되었는지 자히드에게는 관심도 주지 않고 오직 치호만을 향해 달려들기 시작했다.

횃불의 불빛이 미치지 않은 어두운 곳에서 병장기들이 부딪히는 소리가 나기 시작했고 공동의 어둠을 일순 밀어내는 불꽃이 튀기 시작했다.

끼기긱.

병장기가 부딪혀 불꽃이 튈 때마다 드러나는 치호의 얼굴에 떠오른 표정을 볼 때 상황이 그리 좋아 보이지 않았다.
최초의 선대 악몽을 상대할 때와는 전혀 다른 양상이었다.

선대 악몽들의 유기적인 움직임은 마치 잘 정련된 최정예 병사들처럼 다수가 소수를 상대하는 전법을 몸에 꿰고 있는 듯했고 모두가 같은 종류의 검을 익히고 비슷한 움직임을 보이니 상대하기가 여간 까다로운 게 아니었다.
치고 빠지는 움직임은 마치 한 치의 오차도 없이 작동하는 기계처럼 군더더기 없는 움직임이었다.
더욱이 그들의 눈동자는 여전히 탁해서 시선이 어딜 향하는지 제대로 가늠할 수 없을 뿐만 아니라 상처 입은 녀석들은 거리를 두고 물러서 라플렌의 꽃이 내뿜는 검은 연기로 상처를 회복하고 다시 덤벼들었다.
"투사의 발걸음!"
치호는 투사의 발걸음을 사용해 가며 선대 악몽들을 상대해 갔지만 발로 녀석들의 머리통을 깨부숴도 잠시 뒤 다시 회복하여 일어나는 녀석들을 상대하자니 끝이 없었다.

거기다 치호가 투사의 발걸음을 사용해 움직임이 급격히 빨라지면 치호를 둘러싸고 있는 후열의 녀석들은 재빨리 수인을 맺어 그들의 몸에 새겨진 악몽의 술을 발동시켰다.

동시에 수십 명이 악몽의 술을 발동시키는 모습은 자못 아름다워 보이기까지 하건만 그것을 상대해야 하는 치호로서는 점점 지쳐갈 수밖에 없었다.

'숫자가 너무 많아.'

선대의 악몽을 한 명씩 상대한다면 충분히 상대할 수 있는 수준이었지만 숫자가 많아지니 승기가 쉽게 잡히지 않았다.

게다가 선대 악몽의 하나하나가 실력이 보통 이상은 훨씬 뛰어넘는 수준이었기에 무시할 수도 없었다.

녀석들은 치호가 빈틈을 보이면 그것을 놓치지 않고 빈틈을 비집고 들어와 상처를 입혔으며 녀석들이 노리는 곳은 하나같이 치명적이지 않은 곳이 없었다.

그렇게 끝이 보이지 않는 차륜전을 펼치는 치호에게 승산은 없어보였다.

치호의 발치를 점한 검은 연기는 치호의 몸에 점점 늘어나는 상처를 치료하기에 바쁜지 연신 치호의 몸을 들락날락거리고 있었고 치호 또한 점점 지쳐가는 것이 위태로워 보였다.

"투사의 발걸음!"

[마력이 부족해 스킬을 시전할 수 없습니다.]

'벌써… 큭.'
끼기긱.

바닥을 보인 마력 때문에 투사의 발걸음이 발동되지 않는다는 메시지를 읽는 찰나의 짧은 순간도 허용하지 않겠다는 듯 들어오는 공격은 하나하나가 치명적이었다.

간신히 막아내며 분투했지만 마력이 바닥난 치호는 점점 밀리는 듯 보였다.

그 둔해진 모습을 녀석들이 눈치챘는지 더욱 공세가 심해지는 것 같았다. 그 모습을 멀리서 바라보던 자히드는 치호에게 외쳤다.

"후인이여! 합류하겠다."

"방해된다! 거기 있어!"

치호는 점점 거세지는 공세를 견뎌내기 힘들었는지 이를 악물고 결심한 듯이 외쳤다.

"인벤토리."

재빨리 인벤토리를 열고 키테그람의 흉포를 하나 꺼내 들어 그대로 입에 넣었다.

《키테그람의 흉포를 섭취하셨습니다. 모든 스테이터스가 10분간 100% 향상됩니다.》

— 기본 능력 (미지정 포인트 +20)
근력: 78()156)[+0(18) +10%] 〉 86()172)
지구력: 208()416)[+0(198), +20%] 〉 250()499)
민첩: 78()156)[+0(48), +10%] 〉 86()172)
마력: 52()104)[+0(32), +10%] 〉 57()114)
기량: 206()412)[+0(196), +10%] 〉 227()453)

"크흡."

치호는 급격하게 치솟는 스테이터스 수치에 순간 정신이 아찔해지는 것을 느꼈다.

이번에는 키테그람의 어미를 사냥할 때와는 달리 정신을 온전히 잡고 있을 수 있었다.

하지만 붉게 충혈된 치호의 눈은 그때보다 더 지독한 광기를 품고 있는 듯 보였다.

선대 악몽들은 급격히 변한 치호의 분위기에 가혹하게 이어지던 공세를 잠시 멈추었다.

이지를 상실하고 기계적으로 움직이던 그들의 움직임을 멈출 정도로 뿜어져 나오는 치호의 기세는 주변을 압도했다.

"끄응, 이것까지 사용하긴 싫었는데 말이야. 몸이 생각만큼 따라주질 않아서 말이지. 너희도 이해하지?"

치호는 약간의 장난이 섞인 말투로 선대의 악몽들을 향해 말했다.

하지만 돌아오는 대답은 피 끓는 소리일 뿐이었다.

"하여간 이 재미없는 새끼들. 조금만 참아. 너희들이 꾸고 있는 그 지독한 악몽을 박살 내줄 테니까……. 자! 2차전을 시작해 볼까? 투사의 발걸음!"

투사의 발걸음을 외치고 선대의 악몽에게 달려드는 모습은 방금 전과는 사뭇 달랐다.

속도 면에서도 그러했고 치호의 발밑을 점하던 검은 연기의 양 또한 전과는 비교할 수 없이 늘어나고 있었다.

*　　　　*　　　　*

까각각.

끄르륵.

치호의 마지막 도끼질이 끝났을 때 치호의 주위에는 바짝 마른 선대 악몽의 동체만 흩뿌려져 있었다.

그들의 모습은 하나같이 미라처럼 생기를 빨린 듯 메말라 있었다. 치호의 검은 연기가 사지를 제압당한 그들을 하나하나 감쌀 때 자히드가 힘을 빼앗긴 것처럼 선대의 악몽들도 하나둘 힘을 잃어갔다.

하나 힘만을 빼앗긴 자히드와는 달리 선대 악몽들은 힘을 잃음과 동시에 그들의 생기까지 함께 빨리는 듯했다.

이들은 기존의 괴물들처럼 검은 재로 변해 흩날려 사라지지 않고 그 모습 그대로 라플렌의 꽃 주변에 널브러져 있었다.

"후인이여… 이제 끝이 난 것인가."

자히드는 전투가 끝난 것처럼 보이자 점차 치호에게로 다가왔지만 그런 자히드를 치호가 손을 들어 만류했다.

"잠깐!"

[1]

[0]

〈키테그랍의 효과가 사라집니다.〉

"크윽. 반동이 지난번보다 심한데?"

스테이터스의 상승폭이 늘어나자 반동 또한 심하게 느껴지는 듯했다.

지독한 탈력감이 치호의 몸을 감쌌고 지호는 잠시 눈을 감고 정신을 수습했다.

지난번과 달리 키테그람의 흉포 효과에 휘둘리지 않고 성공적으로 사용했기 때문에 잘만 쓰면 괜찮을 것 같았다.

이제 키테그람의 흉포도 하나밖에 남지 않았으니 앞으로는 신중하게 사용해야 할 것이라고 판단한 치호였다.

"이제 됐어. 이제 악몽의 힘이란 것이 어떤 것인지 대충 감이 오나?"

"진정… 이 모든 이들이 나의 선대들이란 말인가."

치호는 망연한 표정을 짓고 있는 자히드에게 어깨를 으쓱하며 더 이상 말을 하지 않았다.

지금은 조금 내버려 두는게 좋을 것 같았다. 잠시 멍하니 있던 자히드는 천천히 그들의 사체를 옮겨 한곳에 모으기 시작했다.

전부 미라처럼 메말라 있어 그들을 옮기는 데는 별로 시간이 걸리지 않았다.

"선대 악몽들은 모두 숨이 끊어진 것인가? 아니 이제 영면을 취할 수 있는 것인가?"

자히드의 물음에 치호는 그저 고개를 저으며 말했다.

"아니, 이들은 이미 늦었어. 그래도 최소한 악몽은 꾸지 않을 거다. 힘은 회수했으니까… 하나 이들을 구원할 방법은 없다."

"그… 그럼 이런 모습으로 영원히 고통을 받아야 한다는 것인가! 이럴 수는 없다. 안 돼!"

치호의 말을 듣고 자히드는 마치 절규하듯 외치며 울분을 토해냈다. 하지만 어쩔 수 없다. 부정한 힘의 대가라는 것은 그런 것이니까.

치호는 그런 자히드를 잠시 내버려 두고 주변을 정리하기 위해 움직였다.

일단 제일 거슬리는 라플렌의 꽃들부터 제거해야 할 것이다.

라플렌의 꽃이 검은 연기를 내뿜으며 시들어 없어지는 것을 봤을 때 이곳에 들어온 투사들의 생기와 양분을 빨아먹으며 그것을 저장하는 것이 틀림없다.

즉, 방금 싸운 투사들은 지금까지 무덤에 들어온 투사들 중 수천 년의 시간 동안 고르고 골라온 정예의 투사들이었을 것이다.

그리고 그보다 나약한 이들은 모두 이 꽃의 양분이 되어 저장되어 있는 것이나 마찬가지였다.

　치호는 잠시 고민하는 듯하더니 아직 회수하지 않은 검은 연기를 얇고 넓게 공동의 구석구석까지 퍼뜨렸다.

　"후우… 크흡!"

　치호가 이를 악물자 공동에 펼쳐져 있던 꽃은 동시에 검은 연기를 토해내며 시들었고, 그 꽃을 감싸며 퍼져 있던 치호의 검은 연기는 꽃이 뿜어내는 기운을 모두 회수해 치호에게 빨려들 듯 모여들었다.

　갑자기 늘어난 연기의 양에 치호의 군건한 다리가 꺾여 한쪽 무릎을 꿇었고 악문 이가 부서질 것 같은 소리를 낼 정도로 참았으나 입가에 흐르는 한줄기 선혈을 막을 수는 없었다.

　몰려든 힘을 수습한 치호는 입안에 고인 피를 뱉어내며 말했다.

　"어마어마하군."

　라플렌의 꽃에서 나온 모든 기운들을 치호의 내부로 모두 갈무리 했을 때 우뚝 솟아 있던 오벨리스크가 굉음을 내며 무너지기 시작했다.

　끄르릉.

　흙먼지를 일으키며 무너지는 오벨리스크를 멍하니 바라보

던 치호는 마치 그 모습이 달무르와 겹쳐 보여 씁쓸했다.

'달무르. 대체 무엇 때문에 이곳에서까지 이런 짓을 한 것이냐. 널 알아보는 이도 없는 이곳에서 자유롭게 살다가 떠나면 되는 것을.'

달무르의 어리석은 행동 때문에 이들이 겪은 고통은 너무나 크다.

그리고 앞으로 겪어야 할 고통까지도. 그저 앞으로 있을 고통의 연쇄를 끊었다는 것에 만족을 해야 하는 지금의 상황이 마음에 들지 않았다.

녀석을 회상하며 무너진 오벨리스크를 말없이 바라보던 치호는 무엇인가를 발견했는지 눈빛을 빛내며 무너진 오벨리스크의 중심부를 향해 걸었다.

치호가 발견한 것은 작은 제단. 오벨리스크가 무너지자 그 안에서 작은 제단 하나가 새롭게 나타난 것이다.

치호는 천천히 발걸음을 옮겨 그 작은 제단에 올랐을 때 작은 상자 하나가 눈에 띄었다.

크기는 작지만 고급스럽게 치장된 그 작은 상자는 은은한 빛을 내는 것처럼 보였다.

'음?'

치호는 호기심이 들어 상자를 열어보았을 때 작은 팔찌 하나가 보였다.

팔찌는 보통의 팔찌와는 다르게 조금 폭이 넓었고 안쪽 면에는 처음 이곳에 들어올 때 보았던 문양과 비슷한 것들이 빼곡히 세공되어 있었다.

겉으로 보기엔 평범해 보이는 팔찌였으나 팔찌 전체에서 은은히 풍겨져 나오는 아우라로 볼 때 보통 물건이 아닌 것처럼 보였다.

동시에 떠오르는 메시지.

〈전설 등급 장비를 획득하였습니다.〉

'호오? 전설 등급이라?'

치호는 뜬금없이 발견한 전설 등급 장비를 보며 어쩌면 이곳은 누군가의 퀘스트를 통해 수없이 많은 일을 해결한 뒤 올 수 있는 장소가 아닐까 생각했다.

하지만 그 또한 추측일 뿐이었기에 생각을 멈췄다. 그런 것보다도 새로 얻을 장비는 무엇일지 궁금했기 때문이다.

지금까지 얻은 전설 장비는 꽤 쓸 만한 것들이 많았기 때문에 기대해도 좋을 것 같았다.

치호가 상자에 든 팔찌를 집으려고 할 때 자히드의 중얼거리는 듯한 목소리가 들렸다.

들릴 듯 말 듯 들려오는 작은 음성이었지만 그 목소리는 치호의 정신을 번쩍 들게 만들기 충분했다.

"선대들이여, 당신들의 고통을 몰랐던 이 불충한 후배를 용서하소서. 영겁의 고통을 당하는 선대에 비하면 보잘 것 없으나 그 죄를 구할 방법이 떠오르지 않아 이 비루한 목숨을 바칩니다."

그렇게 말하고는 검을 꺼내는 모습을 본 치호는 자히드의 이름을 부를 새도 없이 달려가며 그대로 스킬을 외쳤다.

"투사의 발걸음!"

치호가 스킬을 쓰며 순식간에 거리를 좁혀 스스로 자결하려는 자히드의 손목을 움켜잡았다.

조금만 늦게 반응했다면 자히드의 손에 들린 녀석의 검이 그 자신의 목을 꿰뚫었을 것이다.

"이 멍청한 새끼야! 뭐하는 짓이야!"

"후인이여……."

자히드의 손목을 움켜진 치호의 아귀힘이 너무 강했는지 자히드는 얼굴을 구기며 손에 든 검을 땅에 떨구었다.

치호는 검이 떨어지자 조금 안심했는지 녀석의 손을 놓고 말했다.

"겨우 이 정도 일에 스스로 목숨을 끊으려 하다니. 투사의 이름이 부끄럽지 않나. 자히드!"

"투사라… 그 이름이 내게 과분하게 느껴지는군. 나의 선조들은 이런 영겁의 고통을 겪고 있었는데, 그것도 모르고 있던 나를 용서할 수가 없다. 더욱이 이런 상황을 깨닫고도 선대들을 위해 아무것도 할 수 없다는 사실이 나를 더욱 무기력하게 만드는군……."

"하! 그래서 네가 구한 답이 스스로 목숨을 끊는 것이냐?"

자히드는 치호의 말에 쓰게 웃으며 대답했다.

"이 한 목숨을 끊어 용서를 구할 수 있다면 그것으로 족할 테지. 처음 악몽의 힘을 이은 자가 원망스럽구나. 후인이여, 이 지독한 힘을 만든 자는 어째서……. 아니지, 그를 원망할 것도 없다. 나 또한 처음 힘을 얻어 자랑스러워했었으니까. 마치 뭐라도 된 것처럼 힘을 사용하고 그 힘을 뽐내었으니까. 하하하."

녀석의 흐릿한 초점과 함께 보인 웃음은 호탕한 듯 보였으나 그 속에는 공허한 울림이 느껴지는 것만 같아 치호는 마음이 편치 않았다.

하지만 죽음으로 모든 걸 해결하려는 저 태도는 치호의 마음에 들지 않았다.

"자히드, 죽음으로 도망치려고 하지 마라. 진정 속죄하고 싶다면 살아라. 살아서 악몽의 힘을 경계해라. 또 너 같은 녀석이 나타나지 않으리란 보장이 없으니까. 죽음은 평안의 안식처, 절대 속죄의 대가가 될 수 없다."

"내겐 죽음조차 과분한 것인가… 후인이여."

자히드는 고개를 떨구고 힘없는 목소리로 대답했다.

여전히 납득하지 못하는 듯한 목소리였지만 더 이상 치호가 해줄 수 있는 것은 없었다.

지금은 자히드 스스로 이 상황을 받아들이고 극복하길 기다리는 수밖에 없다.

둘 사이에 어색한 침묵이 흐를 때 치호가 손에 들고 있던 작은 상자에서 미약한 진동이 느껴졌다.

급작스레 나타난 변화에 의문이 들어 상자를 열어보았을 때 그 안에 있던 팔찌가 미약한 빛을 내고 있었다.

'이건 또 왜 이래.'

기묘한 현상에 치호는 팔찌를 자세히 보기 위해 잡는 순간 팔찌가 스스로 그 형체를 변형시켜 뱀처럼 치호의 손을 타고 올라왔다.

치리리릭.

치호의 팔목 부근까지 올라와 자리 잡은 팔찌는 점점 넓게 퍼지며 치호의 오른손 팔목을 감싸기 시작했고, 팔목부터 어깨까지 올라오는 검은 완갑의 형태가 순식간에 만들어졌다.

완갑의 형태가 완성되었을 때 치호의 눈앞에는 메시지 하나가 떠올랐다.

〈98인의 악몽 — 전설 등급〉

— 방어력: 315

— 어둠을 광적으로 두려워하던 주술사 달무르는 결국 인가 받지 않은 힘을 사용해 그의 수족을 만들고 힘을 비축할 근간을 만들었다. 어둠을 처단할 누군가를 위해 비축한 힘을 지배할 수 있도록 제작된 팔찌. 단 팔찌의 힘을 이겨내지 못하면 착용자 또한 영원히 깨어나지 못하는 악몽을 경험하게 될 것이다.

— 특수 효과: 기량 +221, 마력 +15%,

— 보조 효과: 마력 5를 사용해 악몽 1인을 소환합니다.

— 내구도: 100/100

'악몽을 경험하게 된다고?'

치호가 메시지를 다 읽고 의문을 표할 때 치호의 발밑에서 검은 연기가 피어오르기 시작했다.

치호의 의지를 벗어나 검은 연기가 피어올랐기 때문에 팔찌에 대한 의문도 잊은 채 멍하니 자신의 발밑에서 피어오르는 검은 연기를 바라봤다.

검은 연기는 점점 짙어지는 듯싶더니 치호의 다리를 타고 올라와 팔찌로 천천히 흘러들기 시작했다.

'호오.'

치호는 이런 상황에 놀랄 법도 했지만 그저 재미있다는 듯 팔찌를 바라볼 뿐이었다.

마치 어린아이의 재롱을 보듯 팔찌를 바라보는 치호의 얼굴에 미소가 피어올랐다.

검은 연기가 뿜어져 나오는 속도는 시간이 지날수록 점점 더 빨라졌고 팔찌는 그런 검은 연기를 탐욕스럽게 흡수하고 있었다.

'아주 재미있는 걸 만들었구나, 달무르.'

치호는 설명을 보고 들었던 의문이 풀렸다.

즉, 팔찌가 착용자의 힘을 뽑아내어 원하는 양을 만족시키지 못하면 그대로 착용자에게 악몽의 저주를 씌우는 것 같았다.

그런 팔찌를 보며 치호는 가소롭다는 듯이 한번 웃고는 이를 악물었다.

'한 번 모조리 가져가 봐'

그 순간 치호의 발밑의 연기는 농도가 한밤의 어둠처럼 짙어졌고 양 또한 방금 전과는 비교도 되지 않을 만큼 흘러나오기 시작했다.

그 모습은 마치 검은 뱀이 치호의 하반신을 감아 올라 팔찌로 흡수되는 것처럼 보였다.

오른팔에 덮여 있던 팔찌는 게걸스레 치호의 검은 연기를 흡수하였지만, 흡수하던 연기의 힘을 감당하지 못했는지 어깨 부근부터 점차 균열을 내기 시작했다.

그 균열은 점차 어깨를 타고 팔목까지 내려왔고 균열 사이로 검은 연기를 뿜어내기 시작했다.

힘의 허용량을 초과했는지 완갑 모양으로 변형되었던 팔찌는 어깨 부근부터 부서져 내리기 시작하더니 종래에는 처음의 팔찌 모양으로 돌아와 치호의 손목에 감겨 있었다.

[98인의 악몽이 〈일반 테스터 – 개척자〉 황치호를 힘의 주인으로 인정합니다. 해당 아이템은 현 착용자에게 영구히 귀속됩니다.]

메시지가 떠오름과 동시에 자히드가 모아두었던 선대 악몽들의 바짝 마른 신체가 변화를 일으키기 시작했다.

바짝 말라 미라처럼 변했던 선대의 악몽들은 더욱 말라가더니 이내 신체에 금이 쩍쩍 가기 시작했다.

파삭.

금이 가다 못해 결국 점차 가루가 되어 부서져 내리자 자히드는 축 처진 어깨와 초점이 나가 있던 눈에 힘을 주며 말했다.

"후인이여! 이게 대체 무슨 일인가?"

자히드가 다급히 물었으나 치호 역시 처음 겪는 일이기 때문에 뭐라 대답해 줄 처지가 아니었다.

치호는 자히드의 물음에 침묵으로 대답하며 선대 악몽들의 변화에 집중했다.

선대 악몽들의 신체가 모두 무너져 버려 생긴 가루는 먼지에 흩날리듯 치호의 팔찌로 스며들기 시작했다.

방금 전 치호의 연기를 먹어치우는 모습과 흡사했지만 이번에는 치호에게 아무런 영향도 끼치지 않고 진행되는 것 같았다.

팔찌가 가루로 변한 선대 악몽들의 신체를 모두 흡수했을 때 치호에게 메시지가 하나 떠올랐다.

[현재 착용자 마력 65, 최대 13인의 악몽 소환 가능합니다. 소환을 원할 시 소환을 할 숫자와 악몽을 외치면 소환됩니다.]

치호는 떠오른 메시지를 보며 얼굴이 굳어졌다. 메시지를 보고 생각나는 것이 있었다.

'달무르. 결국 이곳에서 성공한 것이냐.'

녀석이 처음 불사의 군대를 만든다던 그 염원을 이곳에서 이룬 것 같았다.

부릴 수 있는 숫자는 군대라 부르기 민망할 정도지만 결국 성공했다.

지구에서 불가능했던 일이 이곳의 기묘한 힘과 합쳐져 그가 원하던 결과를 도출해 낸 것 같았다.

치호는 결국 돌고 돌아 이 물건이 자신에게 온 것이 뭔가 석연치 않았다.

마치 잘 짜인 각본처럼 느껴져 오히려 경각심이 들었다. 하지만 방금 전 일어난 믿을 수 없는 광경을 본 자히드는 멍청한 얼굴로 자신에게 대답을 요구하는 듯한 표정을 짓고 있어 무시하기 어려웠다.

그런 자히드에게 설명을 하기보다는 직접 보여주는 것이 나을 것 같아서 먼저 소환해 보기로 했다.

치호도 어떤 식으로 소환되는 건지 궁금했으니까.

"13인의 악몽."

치리리릭.

치호가 가용할 수 있는 마력을 모조리 끌어내 악몽들을 소환했다. 외침이 끝남과 동시에 치호의 팔찌는 방금 전 완갑의 형태로 순식간에 변형되었고, 완갑형 팔찌에서 빠져나온 검은 연기가 치호의 등 뒤로 번져 나가 13개의 인간의 형태를 만들고 이내 실체화되었다.

치호의 등 뒤로 시립한 악몽의 실체화된 모습은 치호가 상대했던 그들의 모습이 아니었다.

푸석푸석하고 썩어가는 듯하던 선대 악몽의 모습은 찾아볼 수 없었다.

그들의 피부는 생기가 넘쳐 보였고 쩍쩍 갈라진 우람한 근육은 마치 튀어나올 듯하여 보는 이로 하여금 압박감을 느끼게 만들었다.

다만 생전의 모습과 다른 점이 있다면 일전에 치호의 눈에서 피어올랐던 검은 귀화가 13인의 악몽의 눈에서 피어오르고 있다는 점만이 달랐다.

"아… 아니!"

자히드는 다시금 나타난 선대의 악몽들을 보고 무기에 손을 올렸으나 차마 뽑진 못하고 어찌해야 하는지 갈팡질팡하는 모습을 보이고 있었다.

"자히드, 괜찮아."

치호는 자히드에게 경계할 필요가 없음을 알리고 달무르에 관련된 이야기를 제외한 아이템에 관한 내용을 설명해 주었다.

"그렇다면… 선대들은 이제 그대를 따라가는 것인가?"

"음… 그렇다고 볼 수 있지."

"다행이로다, 다행이야. 분명 귀속되었다고 했던가. 그렇다면 정말 다행이군."

"왜지?"

치호는 자히드가 하는 말에 의문을 표하자 이내 자히드가 활짝 핀 얼굴로 치호에게 말했다.

"간혹 귀물들은 주인밖에 사용하지 못하는 경우가 있는데 그런 귀물은 사용자가 죽으면 같이 파괴된다고 하더군. 그렇다면 자네가 언젠가 긴 여행을 마치고 안식에 들 때 나의 선대들도 함께 안식에 들 것이 틀림없다. 하하하!"

"…그, 그래?"

자히드의 기뻐하는 모습을 보자 치호는 차마 진실을 말해 주지 못했다.

하지만 지금은 그저 그렇게 알고 있으면 될 것 같았다. 굳이 진실을 알릴 필요는 없을 테니까.

씁쓸한 눈으로 자히드를 보고 있을 때 자히드는 치호의 뒤에 시립한 악몽들에게 다가가 무릎을 꿇고 큰 소리로 외쳤다.

"나의 자랑스러운 선대들이시여! 영겁의 시간을 견뎌온 선대들이시여. 투신 바르시의 후인이 선대들의 영면을 이끄는 길잡이가 될 것입니다. 그를 따라 마지막 여행을 즐기시고 영원한 안식을 맞이하기를 간절히 기도하나이다. 이 미천한 후배는 이곳에 남아 악몽의 이름을 지울 것입니다. 우리의 후배들이 악몽의 이름을 기억하는 자가 단 하나도 없을 만큼 철저하게 악몽의 이름을 지우겠나이다!"

자히드는 그렇게 외치고는 이마를 바닥에 그대로 처박았다.

얼마나 세게 박았는지 이마에서는 피가 흘러내렸다. 치호는 그런 모습을 보고 입맛이 썼지만 내색하지 않았다.

잠시 후 치호는 선대 악몽들의 소환을 해제했고 선대 악몽들은 다시 검은 연기가 되어 치호의 팔찌로 흡수되어 사라졌다.

악몽들의 위용은 나중에 시험해 봐야겠지만 단순히 서 있을 뿐인 녀석들에게서 뿜어지는 기세로 보아 아주 쓸 만할 것 같았다.

사라진 선대 악몽들의 모습을 가만히 바라보던 자히드는 밝아진 표정으로 다가와 말했다.

"후인이여, 고맙다. 어쩌면 이 모든 것이 투신의 안배인지도 모르겠군. 하하하."

"뭐, 그렇다고 해두지. 그건 그렇고 회합이 있다고 하지 않았나?"

치호는 자히드가 투신이니 후인이니 하면서 말이 길어 질 것 같기에 얼른 주제를 돌렸다.

자히드가 치호에게 고마움을 표하면 표할수록 무거워지는 것은 치호의 마음일 뿐이니까.

"기일이 얼마 남지 않았다. 서둘러 움직여야 할 것이다. 후인이여."

자히드는 방금 전 죽을 것 같은 표정은 온데간데없이 사라지고 얼굴에는 생기가 넘쳐흘렀다.

마음의 짐을 내려놓아서 그런 것인지, 새로운 목표가 생겨서 그런 것인지 정확하지는 않지만 쭉쭉 내뻗는 그의 발걸음은 당당한 투사의 발걸음을 보는 것 같았다.

제8장
겁쟁이 루소

자히드는 거침없이 악몽의 무덤을 빠져나가기 시작했고 치호는 자히드를 따르면서 라플렌의 꽃이 만개했던 공동을 슬쩍 돌아보며 생각했다.

'쥬드가 노린 것이 이것이었나?'

어쩌면 쥬드는 이 팔찌에 대해서 알고 있었을지 모른다는 생각이 들었다.

라플렌의 꽃도 꽃이지만 지금 쥬드는 이 팔찌와 라플렌의 꽃을 노리고 천천히 관련 퀘스트를 해결하며 단서를 모으고 있는지도 모른다.

아무래도 치호가 팔찌를 취하게 된 과정은 마치 굳건히 잠긴 문을 강제로 뜯어내 빼앗듯 매끄럽지 못했으니까.

사실 무덤의 통로에서 만난 지네형 괴물 아트로페스만 하더라도 보통의 테스터라면 혼자서 절대 해결하지 못할 괴물임에 틀림없다.

더욱이 아트로페스를 모두 격살했더라도 공동 내부의 악몽들까지 상대해 낸다는 것은 수천의 테스터가 피를 흘려도 성공을 장담할 수 없다.

결국 이 힘을 얻는다는 것은 일개 테스터의 힘으로는 불가능이나 다름없다.

그렇다면 그들을 상대하지 않고 해결할 수 있는 방법을 제시하는 퀘스트가 존재할 것이다.

하지만 치호는 그런 퀘스트들을 건너뛰고 힘을 보호하던 것들을 모두 박살 내듯 깨부수고 힘을 강제로 취한 꼴이 되었다.

그렇다면 원주민 녀석들을 따라다니다 보면 어디선가 단서를 모으며 퀘스트를 수행하고있는 쥬드를 만날 공산이 클 것이다.

'거의 다 왔다. 쥬드.'

치호는 마음속으로 쥬드를 곱씹으며 자히드의 뒤를 묵묵히 따랐다.

자히드는 그런 치호의 생각과는 관계없이 바삐 발을 놀릴 뿐이었다.

$$* \qquad * \qquad *$$

사박사박.

두 사람은 빠르게 숲을 가로지르고 있었다.

종종 괴물들이 눈에 띄었지만 두 사람의 빠른 발걸음을 멈추게 만들 만한 녀석들은 나타나지 않았다.

치호 혼자 움직였다면 괴물들을 상대해 가며 움직이는 것이 경험치 면에서 이득이지만 자히드가 재촉하는 바람에 무리를 이루고 있는 괴물이 감지되면 살짝 돌아갔다.

"자히드, 언제까지 가야 하지? 방향은 제대로 잡고 가는 것 맞겠지?"

"곧 도착한다. 다행히 회합 전까지는 도착할 수 있겠군."

두 사람은 잠시 휴식을 취하기 위해 적당히 자리 잡고 앉아 대화를 나누었다.

치호는 자히드에게 부족에 관한 이야기와 이 세계에 관한 것들을 물었고 자히드는 자신이 아는 선에서는 충실히 대답을 해주는 것 같았다.

"그러니까 비달란에서 쫓겨난 부족들이 이 세계 곳곳으로 퍼져 나갔고 시간이 흐름에 따라 부족이 점점 약화되니 이제 다시 합치기로 한다는 거지?"

"그렇다. 후인이여."

"그럼 회합 같은걸 굳이 할 필요 있나? 그냥 합치면 되는 거 잖아."

"그렇게 간단치가 않다, 후인이여. 우리 부족의 경우 루소란 테스터 때문에 고통을 겪고 있으나 다른 지역에 뿌리를 내린 부족은 테스터와 협력적 관계를 취하고 있는 이들도 있다. 그 렇기 때문에 이번 회합이 중요한 것이지."

"그렇단 말이지. 모든 거점들이 이런 말도 안 되는 상황인 것은 아닌 것 같아 그나마 다행인 건가?"

아무래도 모든 부족들이 자히드가 속한 아켄 부족들처럼 박해를 받는 것 같지는 않았다.

모든 부족이 박해를 받는 상황이라면 회합을 열 필요도 없 었을 테지만 서로 간의 입장이 제각각 다른 상황이라면 회합 을 열어 의견을 통일할 필요가 있을 것이다.

"한데 너희들은 테스터에게 몰살당할지 몰라 흩어졌다고 들었는데 그 문제는 어떻게 해결할 생각이지? 아직 거점을 구 한 것도 아닌 것 같은데."

"그것에 관해 거점 도시 티벨론 인근에 뿌리를 박은 자가 대안을 가지고 있다고 하니 들어볼 필요가 있겠지."

"흐음… 그래?"

"이번 회합에서의 결정에 따라 많은 것들이 변할 것이다. 그렇기 때문에 이 회합이 중요한 것이지. 만약 이 회합이 틀어지면… 끝없는 전쟁의 도화선이 될지도 모른다."

자히드의 말을 들어 보니 회합의 중요성을 조금이나마 깨달을 수 있었다.

하지만 치호는 이번 회합의 성공 여부에 대해 회의적으로 봤다.

오랜 시간 떨어져 산 부족들을 합친다는 것이 말처럼 쉽지 않을 것이다.

아무리 같은 부족이 박해받는다고 해도 현재 자신들의 자리가 안전하다면 선뜻 나서기 힘들 테니까.

회합이 성공하기 위해서는 강력한 군주가 나서서 그들의 의견을 통합한다면 모를까 그렇지 않은 경우에는 통일된 의견이 나온다는 것은 불가능에 가깝기 때문이다.

'그건 그렇고… 도시 티벨론이라.'

치호는 자히드의 입에서 티벨론 이야기가 나오자 흥미를 느꼈다.

스킬 〈셀렌의 안목〉에 언급되어 있던 도시였기 때문이다. 기회가 된다면 그곳도 한번 들려보는 것이 좋을 것 같았다.

[셀렌의 안목 숙련도가 1 상승합니다.]

"거참 제대로 쉬지도 못하게 하네, 정말. 자히드!"

치호가 자히드를 부르자 자히드는 이제 대답도 하지 않고 바로 무기를 꺼내 들었다.

잠시 쉬고 있는 사이에 영역 안으로 괴물들이 침범하기 시작했다.

끼끼킥!

키베라몽들이 모습을 하나둘 드러내기 시작하자 치호와 자히드는 빠르게 녀석들을 처리해 나갔다.

그 두 사람에게 키베라몽 따위는 전혀 상대되지 않는 것처럼 보였다.

자히드는 악몽의 힘을 잃었음에도 불구하고 괴물들을 상대로 익숙하게 싸워 나갔다.

치호와 같이 움직이며 배우는 것이 많았는지 짧은 기간에 실력이 몰라볼 정도로 늘어나 있었다.

그럼에도 불구하고 아직 배울 것이 한참이나 남았다는 듯 사냥을 하는 치호를 관찰하고 그 움직임을 따라하며 키베라몽과의 전투를 차분히 풀어나갔다.

두 사람이 몰려든 키베라몽을 여유있게 처리하고 다시 한참이나 움직인 후에야 자히드의 입에서 치호가 기다렸던 말이 나왔다.

"후인이여, 다 도착했다. 이 언덕만 넘으면 회합이 이루어질 약속의 장소에 도착할 것이다. 시간에 늦지 않은 것 같군."

자히드의 말에 빠르게 언덕 위로 올라갔지만 펼쳐진 광경은 자히드의 기대를 배반했다.

언덕 위에서 내려다본 약속의 장소에는 수없이 많은 이들이 뒤엉켜 싸우는 전장이 되어 있었다.

원주민들로 보이는 이들은 속절없이 쓰러지고 있었고 상대는 테스터들인지 스킬이 여기저기서 발현되어 한쪽에서는 불기둥이, 다른 쪽에서는 얼음 기둥이 치솟아 원주민들을 학살해 나가는 모습이었다.

그 모습을 본 자히드는 얼굴이 마치 야차처럼 구겨지더니 치호에게 말도 없이 순식간에 튀어나갔다.

'제길, 늦었나?'

치호 역시 자히드의 그런 모습을 보고 곧 바로 전장으로 달려 나갔다.

가까이에서 본 전장의 모습은 더욱 처참했다.

스킬 때문인지 산 채로 불에 구워진 이들도 있었고 얼음 기둥에 갇혀 그대로 얼어 죽은 이들도 있었으며 나무가 살아 있는 듯 움직여 뿌리에 몸이 꼬챙이처럼 꿰뚫려 피를 쏟고 있는 모습도 있었다.

그것뿐만 아니라 살이 타는 냄새와 짙은 혈향은 치호의 오감을 자극했다.

저 멀리 자히드가 검을 뽑아 야수처럼 날뛰었고 그와 더불어 저항하는 원주민들도 보였다.

처음 원주민을 보았을 때 저항 한 번 제대로 못하고 학살당했던 그들과 달리 지금 보이는 원주민들의 양상은 크게 달랐다.

회합을 위해 모인 이들답게 쓸 만한 투사들이 꽤 많이 모인 것 같았다.

하지만 테스터의 수가 너무 많아 원주민들은 점점 밀리고 있는 양상이었다.

그런 모습을 보며 치호는 이를 악물었다.

자히드의 말로는 테스터들과 협력 관계를 맺고 있는 이들도 있다고 했다.

그렇다면 서로 이렇게 피를 보지 않고 해결하는 방법이 있었을 텐데 루소는 굳이 이런 방법을 택했다.

그렇다면 그 방법에 그대로 응수해주면 될 것이다.

루소의 패거리들이 선택한 그들의 방식이니까.

"13인의 악몽."

치리리릭.

치호가 나지막하게 말하자 팔목에 감겨있던 팔찌는 순식간에 그 모습을 변화시켜 치호의 오른팔을 감싸는 완갑 형태로 변했고 등 뒤로 검은 연기들이 만들어 낸 13인의 악몽이 시립했다.

악몽들을 소환한 순간부터 치호의 발밑에서 시작된 검은 연기는 치호의 완갑형 팔찌로 흘러 들어가기 시작했다.

"원주민들을 보호하라. 방해하는 자가 있다면… 모조리 격살하라."

13인의 악몽은 치호의 짧은 명령이 떨어지는 순간 눈에서 검은 귀화가 넘실거리는 동시에 튀어나가는 그들은 마치 검은 빛살처럼 전장을 향해 달려 나갔다.

이들도 자신의 후손들이 처참하게 죽어가고 있는 것을 아는지 그 기세가 사뭇 다르게 느껴졌다.

"끄아악!"

"뭐… 커헉!"

"이것들 공격이 먹히질 않아!"

"젠… 끄윽."

13인의 악몽은 그 이름처럼 전장을 누비며 테스터들에게 악몽을 선사했다.

마치 지옥의 야수처럼 움직이는 그 모습은 꿈에서도 보지 못한 지옥의 모습을 재현시켰다.

악몽들은 테스터들의 공격 따위 상관없다는 듯 몸을 내주고 테스터들을 찢어발겼으며 무기조차 꺼내지도 않고 직접 손으로 테스터들의 목을 잡아 뽑아 머리통을 터뜨리기도 했으며 합격기를 이용해 상대를 찢어 죽이기도 했다.

전투를 치르던 테스터들은 동료의 몸이 걸레짝처럼 찢겨 죽는 모습에 경악을 금치 못했다.

하지만 얼른 정신을 수습하고 급작스레 나타난 악몽들에게 쉴 새 없이 공격을 퍼부었지만 공격을 당함과 동시에 상처를 회복해 나가는 믿을 수 없는 모습에 테스터들의 사기는 바닥을 모르고 곤두박질쳤다.

"아… 악몽이다! 악몽이 나타났어!"

"아… 안 돼! 끄윽."

악몽을 알아보고 누군가 소리치자 알 만한 이들은 모두 악몽의 이름을 알고 있는지 순식간에 공포가 전염되는 듯했다.

악몽의 이름은 테스터들 사이에서도 악명이 높은 것 같았다.

그 모습을 지켜보는 치호의 표정은 좋지 않았다. 단 한 명

의 지도자 때문에 이렇게 수많은 사람들의 목숨이 꺼져가는
모습은 유쾌하지 못했다.

〈경험치 592을 획득하였습니다.〉

〈경험치 575을 획득하였습니다.〉

〈경험치 580을 획득하였습니다.〉

〈레벨 업! 한계 레벨에 도달하였습니다.〉

〈추가 보상금 1골드를 획득하였습니다.〉

〈해당 필드의 퀘스트 도움 없이 20레벨 달성. 칭호를 획득하였
습니다.〉

〈칭호 홀로선 자를 획득하였습니다.〉

〈한계 레벨 이후 얻는 경험치는 스킬 획득률로 자동 조정됩니
다.〉

〈직업을 획득하지 못해 자격을 증명하지 못한 테스터입니다.
직업을 얻어 자격을 증명하세요.〉

직접 전장에 뛰어들지 않고 관망하고 있을 뿐인데 수없이
많은 메시지가 떠오르는 걸 보면 13인의 악몽이 테스터들을
격살하는 것도 치호에게 경험치가 들어오는 것 같았다.

온전한 경험치를 받는 것은 아닌지 좀 적은 양의 경험치가
들어왔다.

하지만 제거되는 대상이 많다 보니 빠르게 경험치를 얻어 결국 한계 레벨을 달성했다.

'한계 레벨이라······.'

한계 레벨이라는 메시지를 보고 감회가 새로웠지만 메시지나 확인하고 있을 만한 기분이 아니었다.

메시지를 읽는 것을 뒤로 미루고 전장을 지켜보다가 적당한 놈을 하나 잡아챘다.

"뭐, 뭐야! 이거 놔. 저거 안 보여? 악몽이 나타났다고 어서 도망쳐!"

치호가 낚아챈 녀석은 치호 또한 테스터 복장이기에 같은 편인 것으로 착각하고 도망치라고 말했다.

치호는 굳이 힘 뺄 필요 없을 것 같아 자연스럽게 물었다.

"지금 루소는 어디 있지?"

"루소님? 루소님이야 회합 대표들 만나러 안쪽에 들어가셨··· 왜······."

풀썩.

도망치자고 말하던 녀석은 그 말을 끝내지도 못하고 치호의 단검에 의해 목숨이 끊겨져 발밑에 쓰러졌다.

녀석은 죽기 직전까지 치호가 자신을 왜 공격했는지 모르는 것 같았다.

치호는 녀석이 쓰러지자 녀석이 가리킨 방향을 향해 달리기 시작했다.

조금이라도 빨리 녀석의 목을 따야 이 난장판이 정리 될 것 같았으니까.

"투사의 발걸음!"

[마력이 부족해 스킬을 시전할 수 없습니다.]

"아, 악몽들."

치호는 무의식적으로 빨리 이동하기 위해서 투사의 발걸음을 전개하려고 했지만 13인의 악몽들이 소환되어 역소환이 되기 전까지는 마력이 다시 회복되지 않는 건지 부족하다는 메시지가 떠올랐다.

'사용할 마력을 남겨 놓고 악몽들을 소환할 걸 그랬나.'

방금 전 분위기에 휩쓸려 가용 마력을 모두 소진하여 악몽들을 불러낸 것이 문제가 되었다.

거기다 악몽들은 녀석들의 상처를 회복할 때마다 치호의 힘을 사용하는지 치호의 오른팔을 감싼 완갑형 팔찌에서는 계속해서 치호의 검은 연기를 연신 흡수하고 있었다.

치호는 어쩔 수 없이 미지정 포인트를 사용하기로 마음을 먹었다.

지금까지 획득한 미지정 포인트는 방금 레벨 업까지 합쳐 25포인트가 있으니 그것을 모두 마력에 투자해야 할 것 같았다.

루소의 실력이 어느 정도인지도 모르고 정보가 부족한 상태에서 무턱대고 달려드는 것은 스킬이 난무하는 이곳에서는 위험한 짓이니까.

[미지정 포인트 사용에 신중을 기해주십시오. 정말 미지정한 25포인트 모두 마력에 투자하시겠습니까?]

"그래. 트홉."

짜릿한 고통이 치호를 자극했고, 고통이 끝났을 때 치호의 총 마력은 96이 되었다.

악몽을 소환하느라 사용할 수 없는 마력을 제하면 31의 여유 마력이 생성된 것이다.

"후우. 빠듯하겠군. 투사의 발걸음!"

치호는 투사의 발걸음을 이용하여 방금 전 죽인 녀석이 가리킨 곳을 향해 빠르게 이동하며 루소를 찾았다.

루소를 한 번도 본 적 없으나 제사장들을 만나러 갔다면 뭔가 일을 벌이는 중일 테니 쉽게 찾을 수 있을 것이다.

"끄아악!"

전장터가 된 약속의 장소를 지나 숲 안쪽으로 더 들어가 보니 멀지 않은 곳에서 숲을 흔드는 비명 소리가 들렸다.

전장에서 들리는 비명 소리는 아닌 것으로 보아 이 근처 어딘가 녀석이 있는 게 틀림없었다.

"이 악독한 새끼들. 라플렌의 꽃은 어디 있나!"

"크윽, 모른다! 이 더러운 테스터 놈! 네 녀석의 목을 따지 못하는 게 내 천추의 한이로구나!"

"이 버러지 같은."

"크악."

한 남자가 원주민 하나를 망설임 없이 베고는 검에 묻은 피를 털어내며 일어났다.

그를 몇 명의 다른 테스터들이 호위하듯 주위에 서 있었고 그 남자의 앞에는 원주민들이 포박된 채 무릎이 꿇려져 있었다.

그중 몇은 이미 목숨이 끊어져 검은 재로 흩날리고 있었고, 방금 전 남자의 검을 받은 원주민은 뜨거운 피를 게워내며 숨이 천천히 끊어지고 있었다.

"흥, 이제 4명 남았군. 아까도 말했지만 누구든 먼저 라플렌의 꽃의 위치를 말하면 그 녀석은 살려주지. 잘 생각해. 이 미개한 놈들아."

"핫! 미개한 것은 네놈이다! 자격이 없는 자에게 해줄 말 따위는 없다. 우린 자랑스러운 투사, 영광된 죽음을 택하겠다. 루소여!"

"이익……!"

화가 머리끝까지 올랐는지 얼굴이 벌게져 다시금 검을 들어 올려 방금 그 말을 한 원주민의 머리를 내려쳤다.

그러고도 분이 풀리지 않았는지 이미 재로 변해 가고 있는 그의 머리통을 계속해서 내리쳐 곤죽을 만들었다.

자신의 분노조차 제대로 통제하지 못하는 듯한 모습을 보이는 이가 바로 치호가 찾는 루소였다.

"이 버러지 같은 것들. 하나같이 자격! 자격! 그놈의 자격이 대체 뭐냐고 대체! 엉? 정녕 너희 부족을 모조리 죽여야 말을 하겠어!"

루소는 미친 듯이 소리를 지르며 길길이 날뛰었지만 지금 그 자리에서 그를 말리는 이는 아무도 없었다.

그런 모습의 루소를 보면 포박되어 있는 3명의 원주민의 목숨도 얼마 남지 않은 것처럼 보였다.

"후우. 안녕?"

일련의 상황을 눈치챈 치호는 재빨리 녀석의 앞에 나섰다. 마음 같아서는 좀 숨어 있다가 녀석이 방심한 틈을 노려 기습하면 좋겠지만 지금은 한시가 급해 보였다.

루소의 관심을 끌어 원주민 녀석들에게서 일단 멀어지게 만들어야 할 것 같았다.

포박되어 있는 원주민들은 하나같이 머리가 백발이고 얼굴에 관록이 묻어 있는 것으로 보아 저 녀석들이 아마 흩어진 원주민들의 대표 격이 되는 이들인 것 같았다.

즉, 이 회합의 핵심 인사들이란 것인데, 이들이 모두 죽으면 이 부족의 미래는 미래가 암울해 질 것이란 것은 누구나 예측 가능할 것이다.

"응? 넌 또 뭐야. 누가 이탈해서 여기까지 오라고 했나? 엉? 야 이 새끼야. 어떻게 교육을 시켰기에 지 멋대로 여기까지 오게 만들어! 엉?"

"죄… 죄송합니다."

루소는 호위하듯 옆에 서 있는 테스터에게 도끼눈을 치켜뜨며 추궁했고 옆의 녀석은 연신 사죄하는 모습이었다. 그런 루소를 보며 치호는 속으로 스킬을 외쳤다.

'셀렌의 안목!'

〈기량이 상대보다 높아 셀렌의 안목이 발동됩니다.〉

특성: 겁보의 분투

스킬:

— 야수화: 일정 수치의 분노를 넘으면 시전자가 이성을 잃은 야

수로 변화합니다.

— 맹습: 기습에 성공하면 상대를 일정 시간 동안 상태 이상에 빠뜨립니다.

[셀렌의 안목 숙련도가 1 상승합니다.]

치호는 떠오르는 메시지를 읽으며 생각했던 것과는 다른 녀석의 특성을 보고 잠시 멍해지는 듯했으나 이내 이해하고는 피식 웃었다.

'겁쟁이였나? 나 참.'

이런 타입의 녀석들을 지난 세월 동안 수도 없이 봐온 치호로서는 헛웃음이 나왔다.

특성을 보자 루소의 지난 행적과 그의 행동이 이해가 되기 시작했다.

루소의 성격은 겁쟁이일 것이다.

그것도 지기 싫어하는 지독한 겁쟁이.

그는 천성적으로 겁쟁이였고 그 때문에 무리를 이루고 싶어 했을 것이다.

혼자서 이 낯선 세계에서 버틴다는 것은 겁이 나니까.

그리고 그 무리가 점점 커져 수장의 위치에 섰을 때 자신이 겁쟁이인 것을 들킬까 두려워 항상 분노한 척, 잔인한 척 연기를 해왔을 공산이 크다.

더욱이 처음부터 함께해 온 하만이 자신을 떠나려는 것을 가장 두려워했을 것이고, 그랬기에 하만에게 이것저것 도와주며 그를 붙잡은 것이다.

그러던 중 하만과 역행의 비약을 만들게 되고 나이가 들어 죽음이 다가오는 것에 겁먹어 역행의 비약을 마셨을 터.

그 후 하루하루 다시 늙어가는 자신을 보면서 다시금 죽음이 찾아오는 것 같은 두려움을 느꼈을 것이다.

그렇기 때문에 그는 누구보다 광적으로 라플렌의 꽃을 찾고 있던 것이 틀림없다.

'스킬도 아주 겁쟁이 전용 스킬이고… 이런 녀석 때문에 그렇게 많은 사람들이 죽어 나가는 것인가.'

치호는 녀석에 관해 파악이 끝나자 입맛이 썼다.

뭔가 거창한 이유라도 있었다면 이렇게까지 입맛이 쓰진 않았을 것 같았다.

"네놈이 루소? 거 비싼 상판대기 한번 보기 참 힘드네?"

치호는 루소 때문에 죽은 사람들이 떠올라 녀석에게 말이 곱게 나가지 않았다.

루소는 그런 치호를 보며 눈을 치켜뜨며 말했다.

"놈! 네놈은 누구냐!"

"거 영감탱이가 목소리 하난 더럽게 크네. 그렇게 말 안 해도 다 들리니까 좀 조용조용히 말해. 아, 영감탱이라 귀가 잘 안 들리나?"

"이익! 뭐하고 있어!"

치호는 루소가 노인 취급을 싫어한다는 말이 떠올라 가볍게 녀석을 도발했는데 생각보다 잘 먹히는 것 같았다.

점점 조여 오는 루소의 호위를 보고 치호는 기회를 노렸다. 스킬을 앞으로 6번밖에 쓸 수 없기 때문에 빠르게 해치워야 할 것이다.

[시전자의 기량에 미치지 않는 12명이 감지되었습니다. 제거대상으로 등록하시겠습니까?]

"등록."

[12명 제거 대상으로 등록. 압도 효과가 발동합니다.]

치호는 잠시 숨을 거르고 루소의 호위 녀석들이 일정 거리에 들어오기를 차분히 기다렸다.

녀석들이 일정 거리에 들어오자 치호는 조용히 스킬을 읊조렸다.

"투사의 발걸음."

스킬이 발동되자마자 튀어나가 한 명의 머리를 으깨고 동시에 회수의 투척 단검을 다른 한 녀석에게 던졌다.

까강.

아쉽게도 투척 단검은 통하지 않았다.
치호의 기습적 공격을 막아낸 것을 보면 괜히 호위 일을 자청하고 있는 것은 아닌 모양이다.
하지만 치호의 공격은 끝난 것이 아니었다.

휘릭.

튕겨 나갔던 회수의 투척 단검에 장치된 와이어를 조작해 단검을 튕겨낸 녀석의 목에 감고 그대로 와이어를 당기자 빠르게 조여드는 와이어는 상대의 목을 그대로 끊어버리며 단검이 치호에게로 회수되었다.
"풀부의 올가미!"
치호는 적들의 외침이 들리자마자 다른 생각도 않고 자리를 벗어났고 방금 전까지 치호가 있던 자리에는 빛으로 이루어진 올가미가 허공을 스쳤다.
피했다고 생각한 순간 어디선가 얼음으로 된 창이 치호에게 날아와 종아리 부근을 스치며 땅에 박혔다.

"크윽."

비록 스쳤지만 종아리 부근이 얼얼한 것이 만약 30%에 달하는 저항력이 없었다면 그저 얼얼한 정도로 끝나지 않았을 것 같았다.

치호는 다시 한 번 스킬을 사용해 재빨리 움직였고 〈광인의 영역 선포〉 때문에 영역 안에 있는 녀석들은 치호를 잡기에 무리가 있었다.

아까와 같은 실수는 하지 않으려 차분히 한 명씩 녀석들의 스킬을 파악해 나갔다.

모두 실력이 출중해서 호위가 된 것인지 스킬이 좋아서 호위가 된 것인지 모르겠지만 녀석들의 스킬이 위협적인 것만은 틀림없다.

다만 녀석들의 스킬이 처음이 까다로울 뿐이었다.

한 명, 한 명 스킬을 파악하며 녀석들의 공략법이 머릿속에 세워진 치호는 그때부터 거칠 것 없이 녀석들의 숨통을 끊어내기 시작했다.

"트앗."

"커억."

"끄륵."

"이 병신 머저리 같은 새끼들! 야수화!"

루소는 자신의 호위들이 하나둘씩 쓰러지자 그새를 참지 못하고 스킬을 외쳤다.

녀석이 스킬을 외치자 녀석의 몸은 부풀어 올라 2m는 넘어 보이게 커졌고 온몸에 털이 숭숭 나기 시작하더니 이빨에서는 날카로운 송곳니가 솟고 손톱은 마치 강철 칼날처럼 날카롭게 튀어 나왔다.

'괴물이 따로 없군.'

녀석을 보니 사냥을 해야 하는 괴물이라고 생각해도 될 만큼 끔찍한 모습의 괴물로 변해 있었다.

마치 녀석의 추악한 마음을 투영하듯이.

루소가 변화를 마칠 무렵 치호 역시 루소의 호위들을 모조리 처리했다.

그리고 녀석을 돌아봤을 때 녀석은 이미 숲속 사이로 몸을 감추었다. 그리고 들리는 하나 외침.

"맹습!"

순식간에 숲속에 모습을 드러내며 달려 나오는 루소의 날랜 움직임은 치호가 반응하기도 전에 치호의 몸을 강타했고 그대로 치호는 그 힘에 밀려 순식간에 몸이 허공에 뜬 채로 날아가 나무에 처박혔다.

"커헉."

다행히 〈광인의 영역 선포〉 덕분에 녀석의 위치를 감지하고 있어 기습 판정은 이루어지지 않았는지 상태 이상에는 걸리지 않은 것 같았다.

하지만 방금 충격만으로도 치호의 내부 장기가 흔들렸는지 올라오는 구토감을 참을 수가 없었다.

"쿨럭."

치호가 구토감을 간신히 참아내고 기침을 했을 때 기침에서는 피가 섞여 나왔다.

치호가 몸을 추스르고 있을 때 어느새 접근했는지 루소는 이미 치호를 내려다보며 마지막 일격을 준비하는 듯 날카로운 손톱을 그대로 치호에게 휘둘렀다.

루소가 휘두른 손톱에 아름드리나무 하나가 그대로 넘어갔다.

어찌나 녀석의 손톱이 날카로운지 나무 따위는 아무런 문제도 아니라는 듯 두부 썰듯 베어 넘겼다.

치호 또한 그 공격 범위 안에 있었다면 쓰러진 나무처럼 동강나 버렸을지 몰랐다.

하지만 치호는 재빨리 몸을 굴려 루소의 공격을 간발의 차로 피해냈다.

"크르르."

루소는 자신의 공격을 피한 치호를 보며 낮은 하울링 소리를 냈다.

녀석은 셀렌의 안목으로 파악한 대로 야수화 스킬을 사용한 이후 이성을 잃었는지 날카로운 송곳니를 보이며 침을 질질 흘리고 있었다.

또한 녀석의 눈은 동공이 풀린 듯 초점이 없고 붉게 충혈되어 있어 눈빛만 봐도 이 녀석이 현재 제정신이 아니라는 것은 쉽게 파악할 수 있었다.

루소가 바라보는 치호는 어느새 자리에서 일어나 자신에 묻은 먼지를 툭툭 털어내고 있었다.

"거 영감탱이, 까칠하기는."

치호의 입가에는 아직 채 마르지 않은 핏자국이 그대로였지만 그 입에서 나오는 말은 여유롭기 그지없었다.

아니, 여유를 넘어 오만해 보이는 표정은 방금 맞은 공격 따위 상관없다는 듯해 보였다.

그것이 블러핑인지 아닌지는 치호 본인만 알고 있을 것이다.

보통의 정신이 온전한 상대였다면 치호의 알 수 없는 태도에 혼란을 느끼고 경계했겠지만 루소는 달랐다.

이성을 잃는다는 스킬의 내용답게 치호를 포착하자마자 날카로운 송곳니를 바짝 세우며 망설임 없이 달려들었다.

까각.

루소가 입을 벌리며 그 날카로운 이빨로 치호의 목줄기를 물어뜯으려 달려들었지만, 치호가 재빨리 오른팔에 착용된 완갑형 팔찌를 내밀자 전설급 장비는 뚫지 못하는 듯 쇠 긁는 소리만 들렸다.

이빨과 금속이 부딪혔는데 불똥까지 튀는 걸 보면 녀석의 이빨 또한 보통 단단한 것이 아닐 것이다.

치호는 녀석이 자신의 오른팔을 물고 있는 틈을 타 왼손으로 도끼를 잡고 그대로 녀석의 어깨를 내려찍었다.

퍼억.

도끼가 녀석의 어깨를 찍고도 힘이 남았는지 그대로 어깨를 관통했고, 루소의 어깨 아래로 응당 있어야 할 팔 한쪽은 땅에 힘없이 떨어졌다.

"크라락"

루소는 야수화된 상태로는 사람의 목소리를 내지 못하는지 기묘한 소리를 내질렀다.

소리를 지름과 동시에 한쪽 어깨를 부여잡고 물러서며 치호와 거리를 벌렸다.

그런 행태를 보며 치호는 나지막이 중얼거렸다.

"투사의 발걸음."

발동된 스킬 때문에 급격히 치솟는 치호의 속도는 녀석이
물러서는 속도를 압도했고, 그대로 거리를 좁혀 녀석의 무릎
을 그대로 밟아버렸다.

우둑.

치호의 발에 밟힌 루소의 오른쪽 무릎이 반대로 꺾이자 녀
석은 균형을 잃고 그대로 쓰러졌다.

하지만·지속 시간이 한참이나 남은 투사의 발걸음은 쓰러
진 루소에게 고통의 시간을 선사하는데 충분했다.

"그러니까."

우득.

"적당히."

우드득.

"했어야지."

빠각.

치호는 루소의 무릎이 박살 나지 않은 왼쪽 다리의 발끝부
터 차근차근 밟아나갔다.

한 걸음을 걸을 때마다 투사의 발걸음이 발동되어 루소의

왼쪽 다리의 뼈 전체를 가루로 만들어내는 듯했다.

"끄아아악!"

야수화는 참을 수 없는 고통에 어느새 풀렸는지 루소는 본래의 사람 모습으로 돌아와 있었다.

한쪽 어깨에서는 피가 솟구치고 있었고 오른쪽 다리는 무릎이 반대로 꺾였으며 왼쪽다리는 뼈가 완전히 가루가 났는지 흐물흐물해 보이는 것이 쳐다보는 것만으로도 구역질이 치밀어 오를 것 같은 모습이었다.

"너… 너… 누구야! 나한테 왜 이래, 내가 뭘 잘못했다고!"

"히야. 아직도 모르겠어? 아직 팔 한쪽 남았지?"

"이익! 원… 원주민들 때문에 이러는 거냐!"

치호가 한쪽 남은 팔로 시선을 돌리며 밟으려는 움직임을 보이자 녀석은 다급하게 말을 이었다.

"다 알면서 서로 피곤하게 그러지 말자고."

"원주민 놈들 좀 죽였다고 같은 테스터끼리 이러는… 끄악!"

녀석의 말이 길어지자 치호는 녀석의 손을 지그시 밟았다.

아직 독기가 빠지지 않은 걸 보면 아직 이야기할 자세가 되어 있지 않아 보여 녀석의 손을 밟아서 부러뜨렸다.

"끄… 흑… 흑."

"아니, 뭐야 너. 우냐?"

루소는 참을 수 없는 고통에 눈물을 흘리고 있었다.

치호로서도 이 상황이 다소 어처구니없었지만 티내지 않고 인벤토리에서 꽃 한 송이를 꺼내 녀석의 얼굴 앞에 들이밀며 물었다.

"너, 이거 알지?"

자히드가 가지고 있던 씨앗이 피운 라플렌의 꽃이다.

"라… 라플렌… 흑."

"똑바로 대답해. 이거 찾으러 온 놈 있었지?"

"네. 네, 있었습니다."

루소는 진정 겁쟁이가 맞는지 자신의 나이도 잊고 자신보다 한참이나 어려 보이는 치호에게 존댓말까지 해가며 대답했다.

"그놈 이름."

"쥬드, 쥬드라고 했습니다."

치호는 녀석의 이름을 듣자 사악한 미소가 얼굴에서 한 줄기 피어올랐다. 이제 다 잡은 고기나 다름없다.

"녀석은 어디 있지? 왜 안 보여?"

"쥬드는 이런 식으로 라플렌의 꽃을 찾기 힘들다면서 티벨론의 현자를 만나러 갔습니다. 그곳에서 꽃의 위치를 찾아오겠다면서."

"쯧. 한발 늦었군. 제길."

치호는 혀를 차며 표정을 구겼다.

루소에게 오면 쥬드가 함께 있을 것이라 예측했지만 그 예상은 빗나가고 말았다.

결국 티벨론으로 가야 할 것 같았다.

생각보다 길어지는 여정에 짜증이 나는지 루소를 쳐다보는 치호의 눈은 곱지 않았다.

그런 치호를 보며 루소는 죽음을 직감했는지 눈물로 범벅이 된 얼굴로 간절하게 말했다.

"사… 살려주십시오."

"그러게 왜 이런 일을 벌였어. 수십 년 더 살아보려다가 하만 영감보다 일찍 가잖아."

치호는 루소에게 더 이상 들을 말도 없었기 때문에 단번에 녀석의 목을 쳤다.

거점을 지배하며 권력을 휘두르고 원주민들의 학살을 자행했던 이치고는 너무나도 허무한 죽음이었다.

이 필드에서라면 그렇게 허무하게 죽을 루소가 아니었지만 잘못된 상대를 적으로 만들었다.

절대 적으로 만들어선 안 될 상대를.

사실 치호는 녀석을 죽이고 싶지 않았다. 더 고통을 주고 죽지 못하게 만들고 싶었지만 이번에도 그 포션이란 존재가 마음에 걸려 죽여야만 했다.

이곳에서 인간 같지 않은 자들이 너무 쉽게 죽는 것이 마음에 들지 않았다.

남에게는 더 지옥 같은 고통을 준 자들이 죽음이란 안식처에 쉽게 드는 게 마음에 들지 않았다.

'제길. 인간 같지 않은 놈들에게 죽음으로 축복을 주는 꼴이라니……. 포션으로 회복되지 않는 상처를 내는 방법이 없나?'

치호는 투덜거리며 자리를 털고 일어나려다가 순간 벼락이라도 맞은 듯 움직임을 멈추었다.

그런 치호의 표정은 그 어느 때보다도 심각해 보이는 표정이었다.

'…축복? 내가 죽음을 축복이라고 생각했다고? 제길.'

죽음을 축복이라고 부른 사실이 치호에게는 충격으로 다가온 듯싶었다.

거기다가 축복을 내린다고 표현한 자신이 혐오스럽게 느껴지는 듯 표정을 구겼다.

'제길, 요즘 힘을 너무 많이 써서 정신이 해이해졌나? 위험한데, 이거.'

치호는 불현듯 생각하고 싶지 않은 과거의 기억이 떠올랐다.

과거 죽음을 축복이라 부르던 시절 자신의 행동과 전장에서 악귀 같은 불사의 현상 때문에 주변의 사람들이 점점 치호를 숭배하기 시작했고 자연스레 종교가 만들어져 골치를 썩은 일이 있었다.

종교라는 이름으로 묶인 이들은 말도 못 할 정도로 잔악해졌으며 죽음을 두려워하지 않았다.

전장에서의 죽음은 축복이라며 몸을 사리지 않았고 후에 발할라니 뭐니 하는 말이 만들어졌을 정도로 호전적인 종교가 탄생하게 되었다.

그 종교의 이름을 지우기 위해 치호가 노력했지만 완전히 지우지 못한 채 아직도 지구에서 일부 죽음을 숭배하는 종자들이 있는 걸 보면 한번 뿌리박힌 종교는 걷어내기가 쉽지 않다. 그런 일을 생각하자 경계심이 드는 것은 당연했다.

'곤란해, 그놈은.'

어쩌면 과민한 반응일지 모르겠지만 작은 틈 하나가 강둑을 무너뜨리는 것처럼 치호의 작은 생각 하나가 어떤 일을 만들어낼지 모른다.

더군다나 이렇게 인간이 괴물에게 위협받는 환경에서 그런 말을 하고 다니다가는 자칫 나약해진 인간의 마음에 종교의 씨앗이 안착할지도 몰랐다.

치호는 잠시 눈을 감고 마음을 정리했다. 눈을 떴을 때 저 멀리 3명의 원주민이 치호를 보며 감격스러운 표정으로 눈물을 흘리고 있었다.

'저놈들은 또 왜 저래.'

치호는 늙은 원주민들이 눈물을 흘리는 것을 보자 불편해졌다.

아무래도 오늘은 이상하게도 루소부터 시작해서 황혼의 눈물을 많이 보는 날인 것 같았다.

귀찮아질 것 같은 예감이 들었지만 그래도 발걸음을 서둘러 그들에게 다가갔다.

그들을 얼른 풀어주고 다시 전장을 둘러봐야 할 테니까. 완갑형 팔찌에서 가져가는 힘의 양이 줄어든 걸 보면 어떤 식으로든 전장이 정리되는 것 같았으니 서둘러야 할 것이다.

툭툭.

3명의 노인들을 포박하고 있던 줄을 끊어내자 노인들은 일제히 무릎을 꿇은 상태로 치호를 바라보며 말했다.

"투신의 후인이여!"

치호는 녀석들이 꺼내는 말을 듣고 손을 이마에 짚고 한숨을 쉬었다.

또 쓸데없이 후인이니 어쩌니 할 것 같아서 얼른 발걸음을 전장으로 향했다.

노인들을 멀리서 봤을 때는 주의 깊게 보지 않아 몰랐는데 그들도 과거 투사였었는지 외견으로 보이는 나이에 비해 근육이 아직 울퉁불퉁한 것이 웬만한 것들은 상대할 수 있을 것 같아 보였다.

이 노인들을 끌고 전장까지 가려면 시간이 지체될 것 같아 걱정했는데 그럴 필요는 없어 보였다.

"아직 전투가 끝나지 않았으니까 전장이 정리된 후 이야기합시다."

늙은 원주민은 꽤나 나이가 들어보였기에 적당히 반존대로 말하고 전장을 향해 달렸다.

조금이라도 일찍 합류해야 원주민 하나라도 더 살릴 수 있을 테니까.

*   *   *

전장에 도착하자 살 익는 냄새는 조금 가시긴 했지만 여전히 여기저기서 신음과 고통의 비명이 들렸다.

하지만 처음처럼 마구잡이로 스킬이 발현되어 원주민들이 죽어나가는 광경은 보이지 않았고 병장기가 부딪히는 소리 또한 들리지 않았다.

오히려 전투는 끝난 듯 보였다. 테스터들은 어디 갔는지 보이지 않았고 부상당한 테스터들만이 바닥에 널브러져 신음을 내고 있었기 때문이다.

"자히드! 자히드 어디 있나!"

치호는 상황을 알아보기 위해 자히드를 찾았을 때 저 멀리 원주민들이 몰려 있는 것이 보였다.

그리고 그 몰려 있는 사람들 주위로 13인의 악몽들이 그들을 보호하듯 위풍당당하게 서서 치호를 기다리고 있었다.

하지만 원주민을 보호하는 악몽들의 외견은 머리부터 발끝까지 피에 전 듯한 모습이었고 아직도 피가 다 마르지 않았는지 그들의 손끝에서는 피가 뚝뚝 떨어지고 있었다.

상황을 모르는 사람이 보면 13인의 악몽이 원주민들을 인질로 잡은 듯 오해할 만한 모습이었다.

치호가 악몽이 보호하고 있는 원주민들에게 다가가자 그들은 치호를 경계하는 듯한 태도를 보였다.

치호가 착용하고 있는 것들은 테스터들이 하고 다니는 복장과 비슷했기 때문에 적으로 인식하는 듯했다.

하지만 뭉쳐 있는 원주민 무리를 가르며 나온 자히드가 그들에게 외쳤다.

"투신의 후인이시다. 예를 갖추라."

자히드가 무리를 향해 근엄하게 말하자 경계를 하던 이들은 모두 무릎을 꿇고 치호를 맞이했다.

오랜 세월 흩어져 살던 이들이 모인 무리였을 텐데도 투신의 이름은 지나친 세월과는 관계없이 그들의 가슴에 묵직하게 남아 있는 이름인 것 같았다. 지금까지도 저런 태도를 보이는 것을 보면 말이다.

치호는 그들의 그런 태도가 약간 이해되지 않았지만 그런 것을 따져 묻기보다는 전투의 진행 상황에 대해서 묻는 게 나아 보였다.

"자히드, 전투는 어떻게 된 거지?"

"후인이여, 우리가 승리했다. 간악한 테스터 무리는 이미 도망쳤지. 역시 우리의 선대들은 위대하다. 선대들이 전장에 나선 모습을 보자마자 테스터들이 혼비백산해서 흩어지는 꼴이란, 하핫!"

자히드는 아직 전장의 흥분이 가시지 않은 듯 보였다. 얼핏 봐도 자히드가 입은 부상들은 가벼이 볼 것들이 아닌데 아직도 제대로 지혈되지 않은 상처에서 피가 흘러나오는 것도 무시하고 저렇게 헛소리를 해가며 웃는 모습을 보면 말이다.

흥분한 자히드에게 묻는 것보다 직접 전장을 둘러보는 게 좋을 것 같았다.

혹여 이들이 안심할 틈을 타 기습을 할 기회를 노리고 있는

지도 모르기 때문이다.

"흠, 그래? 한번 둘러보고 올 테니 상처나 치료하고 있어. 금방 돌아오지."

치호는 부상당한 자히드에게 치료를 하라는 말을 남기고 13인의 악몽을 소환 해제했다.

검은 연기로 화해 치호의 팔찌로 돌아가는 그 모습을 보고 원주민 무리들은 경악에 찬 표정을 지었으나 치호는 뒤도 돌아보지 않고 전장을 향해 달렸다.

*　　　　*　　　　*

"확실히 모두 도망간 모양이군."

치호는 〈광인의 영역 선포〉를 이용해 전장을 훑었다. 딱히 특별한 것이 감지되지 않는 것을 보면 자히드의 말대로 테스터들은 모두 도망간 듯 보였다.

지휘관이 사라진 그들에게 어쩌면 당연한 일일지도 모른다. 만약 루소가 살아 있다면 흩어진 테스터들을 규합해 다시 한번 습격을 감행해 볼 법도 하지만 나타나야 할 지휘관이 나타나지 않으니 테스터들도 제 목숨 챙기려면 도망가는 수밖에.

위협이 사라진 듯한 전장을 한번 둘러보고 안심한 치호는 원주민들에게로 발걸음을 돌리며 지금까지 떠오른 메시지들을 훑기 시작했다. 그동안 확인하지 않은 메시지가 많이 쌓여 확인을 한번 해야 할 것 같았다.

〈칭호 ─ 홀로 선 자〉

─ 퀘스트의 도움 없이 한 개 이상의 필드에서 한계 레벨을 달성한 자.

─ 특수 효과: 저항력 +5%, 민첩 +32

─ 홀로 선 자들은 아무 퀘스트나 수락하지 않습니다. 홀로 선 자에게 의뢰된 퀘스트는 완료 시 한 단계 높은 보상을 획득합니다.

'한 단계 높은 보상? 그러고 보니…….'

치호는 칭호의 내용을 보며 헛웃음을 지었다.

생각해 보니 이번 필드에 도착한 이후 퀘스트란 것을 한 번도 수행하지 않았다.

처음에 이상한 곳에 떨어져 거점 활용도 제대로 못 했을 뿐만 아니라 계속 원주민들과 엮여 행동하다 보니 퀘스트도 언지 못하고 보상도 제대로 못 받는 느낌이었다.

게다가 이렇게 칭호까지 주는 걸 보면 퀘스트를 진행하지 않고 한계 레벨에 도달한 이는 극히 드문 것 같았다.

퀘스트를 수행하면 완료 시 보상을 한 단계 높게 준다는 파격적인 보상까지 제시한 걸 보면 말이다.

칭호에 대해 생각하며 메시지를 계속해서 읽어 내려가던 치호는 직업에 대한 경고 부분에서 눈이 멈췄다.

'직업이라… 티벨론에 가서 한번 알아봐야겠군. 도시라니까 뭔가 있어도 있겠지.'

치호는 직업에 대해 생각했는데 가만 생각해보니 오히려 다행이 아닌가 싶었다.

첫 번째 필드에서의 경험에 비추어 보면 필드에서 요구하는 자격을 다 채우고 나서 한계 레벨에 도달했었다.

그랬기 때문에 그 후 3번의 통로가 열릴 때까지 나가지 않으면 해당 필드에서 죽을 때까지 살아야 하는 페널티를 가졌다.

하지만 지금은 필드에서 요구하는 자격을 완수하지 못했기 때문에 페널티는 받지 않은 상태다.

쥬드와 아직 끝내지 못한 이야기가 있기 때문에 먼저 필드를 벗어나야 하는 상황이 오면 곤란한 지금 오히려 직업을 얻지 않은 것이 전화위복이 된 셈이다.

'웃어야 할지 울어야 할지 모르겠군. 쳇.'

처음 시작 위치 때문에 퀘스트를 하지 못하고 거점을 제대로 사용하지 못한 실이 있다면 쥬드를 기다릴 수 있는 득도 있었기 때문에 마냥 불평만을 할 수는 없었다.

치호는 메시지들 중에서 무언가를 찾듯 꼼꼼히 살펴보았지만 더 이상 특별한 메시지를 찾을 수 없었다. 가장 최근 메시지를 살펴봐도 치호가 원하는 메시지는 찾을 수 없었다.

'으… 루소 이놈, 끝까지 짜증 나게 만드는 놈이군.'

루소를 죽이면서 뭔가 쓸 만한 아이템이라도 획득하지 않을까 했는데 아무런 메시지도 없었다. 야수화니 뭐니 하면서 맨몸으로 달려드는 놈이었는데 그 영향으로 아이템도 주지 않는 것 같았다.

치호는 스킬의 영향인지 어느새 낡아버린 〈가벼운 가죽 부츠〉를 바라보며 한숨을 지었다.

루소를 처리하면서 새 신발을 획득했다면 좋았을 테지만 어쩔 수 없기 때문에 아쉬운 마음을 뒤로하고 원주민들이 몰려 있는 곳으로 시선을 돌렸다.

멀지 않은 곳에서 원주민들은 부상자들을 치료하느라 부산하게 움직이고 있었고 숲에 있던 늙은 원주민들도 무리에 합류한 것 같았다.

그들도 치호를 발견했는지 허겁지겁 달려오는 모습을 보며 치호는 다시 한 번 한숨을 내쉬었다.

또 투신이니 뭐니 하면서 한참을 호들갑을 떨 것 같아서 벌써부터 걱정이 들었다.

　　　　*　　　　　*　　　　　*

"투신의 후인이시여!"

"무사히 합류했군. 당신들이 이들의 대표 격이오?"

"편하게 말씀하셔도 됩니다. 후인이시여. 저희들이 제사장 직을 수행하며 미숙하게나마 이들의 대표를 맡고 있습니다. 저는 제사장 발론입니다."

늙은 원주민들은 자신들을 하나씩 소개하기 시작했다. 치호는 습관처럼 나이가 꽤 들어 보이는 이들에게 반존대를 했지만 말을 편하게 해도 된다고 하니 망설임 없이 단도직입적으로 물었다.

"그래? 편하게 하지. 이제 앞으로 어떻게 할 계획이지? 각부족을 이끌던 이들이 그렇게 죽어나갔으니 회합은 틀린 것으로 보이고…… 어떻게 할 생각이지?"

회합을 위해 모였던 이들이 루소에 의해 이렇게 죽어나갔으니 자히드의 말처럼 이들은 흩어진 모든 투사들을 모아 테스터들과의 전쟁을 시작할지도 몰랐다. 치호가 보기에 그렇게 되면 이들에게 승산이 없다. 테스터는 꾸준히 보충되는 모양이고 이들의 병력은 한계가 있을 테니까. 그렇게 되면 이들에게 미래는 암울한 어둠일 뿐이니까 그것만은 막아야 할 것이다. 치호의 물음에 제사장 발론이 나서며 말했다.

"투신의 후인이 지금 이 시기에 나타난 것은 우연으로 볼 수 없습니다. 이런 광경을 보셨다면 후인께서도 아실 겁니다. 저희가 어떻게 이곳에서 목숨을 부지하고 사는지. 하나 이제 투신의 후인이 나타나셨으니 더 이상 웅크리고 있을 필요가 없습니다. 저희들을 이끄시어 비달란을 되찾아주십시오. 후인이시여."

치호는 미간을 찡그리며 발론이 하는 이야기를 차분히 들었지만 가장 듣기 싫은 말이 나왔다. 혹시 이런 말이 나오지 않을까 했는데 역시 나왔다. 치호는 그런 발론에게 망설임 없이 말했다.

"불가."

"아… 아니, 어째서?"

"내가 너희들을 왜 이끌어야 하지?"

"투신의 후인으로서 응당 해야 할 영광된 의무로써……."

"닥쳐. 난 너희들을 이끌지 않는다. 너희들이 말하는 그런 자격 따위 없을 뿐만 아니라 그러고 싶지도 않아. 귀찮은 일에 끼는 건 사양이다. 여기까지 도와준 것만으로도 난 충분히 해줄건 다 했다."

치호는 다소 냉정하게 발론의 말을 끊으며 말했다. 쓸데없는 기대를 하게 하여 희망을 품게 하는 것보다는 확실하게 말하는 게 났다. 게다가 이들의 뒤치다꺼리를 해줄 만큼 한가하지도 않다.

"허… 하나 그곳은 투신의 흔적이 남은 곳, 투신의 후인으로서 어찌 그렇게 쉽게……."

"그 말은 더 이상 듣지 않겠다. 베툴루라고했나?"

"예. 말씀하시지요."

치호는 얼른 발론의 옆에 서 있는 베툴루라는 제사장에게 말을 걸었다. 이자는 방금 자신을 소개를 하며 티벨론 인근에 뿌리를 내려 살고 있다고 했다.

"베툴루, 자히드 말로는 거점 도시 티벨론에 뭔가 대안이 있다고 들었는데 그것은 무엇이지? 새 거점이라도 찾은 것인가?"

"후인이시여, 저희는 도시 티벨론의 테스터들과 협력적 관계를 맺고 있습니다. 그쪽의 테스터들은 이곳의 테스터들처럼 원주민들을 학대하지도 않으며 오히려 저희들의 숲에 적응하는 기술을 배우고 싶어 하는 자들이 많습니다. 하여 저희 쪽으로 이동하여 그들과 함께 사는 것이 어떤가 합니다."

"흠… 그래?"

"아니 될 말입니다! 후인이시여! 테스터들에게 기대어 살다니… 투사의 후예들로서 그럴 수는 없습니다. 베툴루, 다시는 그런 말을 입에 담지 말게. 방금 일어난 상황을 보고도 그런 말이 나오는가!"

"그럼 전쟁을 벌이는 것이 옳다고 보는 건가 발란! 그럼 우리 부족의 미래는 없네! 지금은 힘을 키울 때야. 이보 전진을 위한 일보 후퇴라는 말도 모르나?"

베툴루가 이야기하는 내용이 마음에 들지 않는지 발란과 베툴루는 서로 목소리를 높여가며 말싸움을 하기 시작했다. 치호는 그런 둘을 보며 고민을 시작했다. 사실 베툴루가 가진 대책도 썩 마음에 드는 대안은 아니다. 지금이야 그들과 협력적인 관계라지만 결국 칼자루는 테스터들이 쥐고 있는 셈이다. 언제 루소 같은 놈이 나와서 원주민들을 향해 칼을 뽑아 들고 이들을 박해할지는 모르는 일이다. 결국 잠시 장대비를 피하기 위한 미봉책에 지나지 않는다.

"아사단. 그대는 어떻게 생각하지?"

"허허, 저는 투신 바르시의 후인이 하시는 결정을 따를 뿐입니다. 비달란을 빼앗긴 죄스러운 후예로서 그저 투신이 이끄시는 대로 따라가겠습니다."

아사단은 치호의 말에 전적으로 따르겠다면서 웃음 지었지만 치호로서는 짜증 나는 웃음이었다. 왜 자신이 말하는 걸 따르겠다는 건지 부담만 가중될 뿐이었다. 사실 마음만 먹는다면 비달란을 치고 이들의 부족이 번성할 때까지 시간이 얼마가 걸리든 보호해 줄 수는 있다. 그 시간이 몇백 년이 걸리든 말이다. 하지만 그러고 싶지 않았다. 그럴 이유도 없었고,

그렇게 해봐야 그때는 결국 반대로 테스터들이 피 흘리는 상황이 올 뿐이다. 테스터들도 이곳에 끌려온 입장일 뿐인데 그렇게까지 하고 싶지는 않다.

치호는 생각이 꼬리에 꼬리를 물어 도저히 결정하기가 쉽지 않았지만 힘겹게 입을 떼며 말했다.

"일단 티벨론이란 곳에 내가 먼저 가보지. 그러고서 결정을 해도 늦지 않을 터. 너희들은 부상당한 이들을 수습하고 티벨론 근처에서 대기하도록 해. 내가 티벨론의 분위기를 보고 판단하도록 하지."

"알겠습니다. 후인이시여. 최대한 빨리 정리하고 쫓아가도록 하겠습니다."

치호는 그렇게 말하는 세 제사장들을 보며 어쩐지 속은 것 같은 느낌이 들었다. 이들과 이쯤에서 헤어져 쥬드를 찾으려 했는데 얼렁뚱땅 이들의 거취까지 결정을 해야 할 판국이다. 이 상황이 마음에 들지 않았지만 어차피 쥬드를 찾으려면 티벨론에 가야 하기 때문에 도시의 상황을 객관적으로 파악해 이들이 최선의 결정을 하도록 도움을 주는 건 괜찮을 것 같았다. 결국 마지막 결정은 그들이 하는 것이겠지만.

제9장
티벨론의 현자

발론과 베툴루는 이야기를 듣자 서로 말다툼을 멈추고 치호의 결정에 따르기로 했다.

발론은 아직 표정이 풀리지 않은 것으로 보아 치호의 결정이 마음에 들지 않는 눈치였지만 그보다 투신의 후인이라는 이름이 더 무거운 것 같았다.

그런 발론의 분위기를 환기시키기 위해 치호는 궁금한 것을 물었다.

"한데 아켄 부족의 제사장이 보이지 않는군. 아직 도착하지 않은 것인가?"

"제사장 자르코를 말씀하시는 것이라면… 후인께서 오시기 전에 이미……."

"아, 괜한 걸 물었군."

분위기를 환기시키려 물은 것인데 오히려 제사장들과 치호 사이에 어색한 침묵이 흘렀다.

치호는 이런 분위기가 불편해 어서 빨리 이 장소를 벗어나고 싶었다.

"그럼 준비를 하고 먼저 출발하지. 한데 여기서 티벨론까지는 얼마나 걸리지? 아직 가본 적이 없어서 말이야."

"아, 제가 사람을 붙여드리겠습니다. 그 친구는 티벨론에서 온 뛰어난 투사니 후인께서 가시는 길에 방해되지 않을 것입니다."

베툴루는 그렇게 말하고는 원주민들이 몰려 있는 곳으로 들어가더니 잠시 후 한 사람을 데리고 나왔다.

그는 치호도 익히 알고 있는 이었다.

"자, 인사드리거라. 투신의 후인이시다."

"투신의 후인이시여. 지난번엔 죄송했습니다. 테스터들의 말을 믿기가 힘들어 실수를 저질렀습니다. 용서해……."

"아, 됐어. 쓸데없는 데 힘쓰지 말자고. 그래도 살아서 다시 보니 반갑군, 그람."

치호가 웃으며 반기는 이는 지난번 루소의 거점에서 구해 준 필 그람이었다.

그때 숲을 잘 빠져나갔는지 이곳에서 보니 반가울 따름이었다.

치호는 그람과 적당히 해후를 나눈 후 티벨론으로 향하는 발걸음을 내디뎠다.

부족을 보호해야 하는 자히드는 그런 모습을 보며 함께 가지 못하는 것이 못내 아쉬웠는지 떠나는 치호의 뒷모습만 바라볼 뿐이었다.

*　　　*　　　*

끼르르륵.

길을 떠난 지 한참이나 흘렀는데도 사방엔 이름 모를 새들이 지저귀는 소리만 들릴 뿐이었다.

그람은 자히드와 움직일 때처럼 빠른 속도는 아니어도 그에 준하게 움직였다.

거기다 투사라 그런지 괴물을 상대해도 그럭저럭 하는 편이라 딱히 신경 쓸 필요는 없어 보였다.

치호는 지금도 갑자기 나타난 괴물을 처리하고 있는 그람이 전투를 마무리하기를 기다렸다가 그에게 물었다.

"그람, 실력도 꽤 쓸 만해 보이는데 어쩌다 그런 놈들에게 잡힌 거야?"

치호는 아무리 봐도 그람의 움직임이나 괴물을 처리하는 수준이 누군가에게 잡혀 한낱 경험치로 전락하는 그런 대우를 받을 만한 것이 아니었기에 물은 것이다.

"그때는 인질이 잡혀 어쩔 수 없었습니다. 거기다 루소의 거점 근처에서 만난 테스터들의 성격에 대해 제대로 파악하지 못한 제 불찰입니다."

그람의 태도는 처음 만났을 때와는 달리 아주 공손해져 있었다.

처음엔 테스터니 뭐니 하면서 극도의 불신을 보였지만 지금은 치호가 어떤 말을 하든 믿을 기세였다.

그런 그람에게 자초지종을 들어보니 평소 함께 생활하던 티벨론의 테스터들은 원주민들에게 호의적인 태도를 보였기 때문에 루소의 거점 근처의 테스터들도 그럴 것이라 의심하지 않았다.

하지만 그게 치명적인 실수로 작용해 그람을 옭아매었고 결국 경험치로 전락하는 치욕까지 겪게 된 것이다.

그랬기 때문에 치호를 처음 만났을 때 테스터에 대한 불신이 심했던 것 같았다.

"흠, 그렇군. 그런데 티벨론까지는 얼마나 더 가야 하지? 우리 떠나온 지도 꽤 됐잖아. 아직도 멀었어?"

"아닙니다. 저기 보이는 곳이 티벨론의 초소입니다. 저곳에서 티벨론의 테스터를 만나 거점으로 들어가시면 됩니다. 제가 후인을 그냥 테스터라고 소개하겠습니다. 그 편이 티벨론을 둘러보시는 데 더 편할 테니 기분이 상하지 않으셨으면 좋겠습니다."

"그런 건 걱정하지 마. 테스터를 테스터라고 소개하지 뭐라고 소개해? 쓸데없는 소리 하지 말고 빨리 가자고."

치호는 그람이 가리킨 곳을 보자 높은 나무 위에 하나의 작은 오두막이 보였다.

나무에 사다리가 기대어져 있는 걸 보면 그걸 타고 나무에 올라 저 작은 오두막에서 생활하는 것 같았다.

"세인! 있나? 나 그람이다!"

두 사람은 곧 그 나무 아래에 도착했고 그람은 그 오두막을 향해 크게 외쳤다.

그러자 잠시 후 한 남자가 사다리를 타고 내려오며 그람을 크게 반겼다.

"이여, 그람! 회합에 간다더니 벌써 돌아온 거야? 응? 그런 데 어찌 혼자 와? 새로운 원주민들을 많이 데리고 올 거라며? 응?"

"생각지 못한 일이 일어나서 나 먼저 오게 됐어. 이쪽은 테스터야. 이 근처에서 방황하고 있길래 데려왔지."

"치호다. 황치호."

그람과 세인이라고 불린 자는 서로 친한 사이인지 편하게 말을 주고받았고 세인에게 치호를 소개했다.

그람은 치호를 세인에게 소개시켜 주고도 한참 동안이나 이야기를 나누었다.

그 이야기를 옆에서 들어본 바에 의하면 세인은 이 초소에서 생활하다가 낙오된 이들을 발견하면 거점까지 이끄는 것이 세인의 직업인 것 같았다.

그랬기에 항상 세인은 이곳에 머무르며 생활하는 것 같았다.

어느 정도 기다리자 둘의 대화가 끝났는지 그람이 다가와 말했다.

"기다리게 해서 죄송합니다. 저 세인이 후인을 티벨론으로 안내할 것입니다. 믿을 만한 자니 걱정하지 않으셔도 됩니다. 후인이시여."

"그래. 알았다. 그런데 너는 어떻게 할 셈이지?"

"저는 뒤에서 쫓아오는 부족들과 합류할 예정입니다. 한 사람이라도 더 필요할 테니 얼른 돌아가보는 것이 좋을 것 같습니다."

"흠. 그래. 알았다. 그럼 나중에 보지. 괴물들 조심하고."

"걱정해 주셔서 감사합니다. 후인이시여. 저는 그럼."

그람은 마음이 급한지 얼른 자리를 떠났고 세인이 치호에게 다가와 말을 걸었다.

"난 세인이다. 낙오된 모양이지? 응? 그래도 재수가 좋군. 그람을 만난 걸 보면. 여기랑 얼마 떨어지지 않은 곳에 거점이 있으니 내가 데려다주지. 뭐 네 덕분에 며칠은 걱정 없겠어."

세인은 아무래도 테스터 한 사람을 데려갈 때마다 뭔가 이득이 있는지 연신 웃음을 지으며 치호를 환대했다.

그런 세인을 보며 치호는 궁금한 것을 물었다.

"낙오된 이들이 많이 오는 건가?"

"응? 그런 편이지. 인솔자라는 놈들이 뭐 그렇고 그렇지. 뭐 예전에 비하면 많이 사라졌긴 한데 아직도 대충 일하는 놈들이 많아. 하긴 그런 놈들이 있기 때문에 내가 벌어먹고 사는 거지 뭐. 다 그런 거 아니겠어?"

"그렇군. 그런데 티벨론에는 현자가 있다던데, 사실인가?"

치호는 세인에게 현자에 대해서 물었다.

이곳에 온 목적이 원주민들을 위하는 것도 있지만 사실 가장 큰 이유는 쥬드이기 때문이다.

루소에 의하면 쥬드는 이곳에 현자를 만나러 갔다고 하니 혹시라도 단서가 될 만한 정보가 있을지 몰라 물은 것이다.

그런데 세인의 입에서 의외의 대답이 나왔다.

"응? 너 직업을 결정하기 위해 티벨론을 찾아온 건가?"

"직업?"

"몰라? 그 영감이 하는 일이 테스터들 직업 결정할 때 조언해 주는 일 아니야. 뭐 항상 현자인 자신이 이런 일이나 하고 있다고 투덜거리긴 해도 그 양반이 권한 직업 선택한 놈치고 후회하는 놈이 없다니까? 그 소문 들은 것 아니야?"

아무래도 현자라는 이가 이곳에서 그렇게 비밀스러운 존재는 아닌 듯하여 세인의 말에 적당히 맞장구를 쳐주며 현자의 위치를 알아내야 할 것 같았다.

"맞아. 그를 찾아왔지. 그 사람이 현자가 분명하지?"

"아……. 뭐 현자가 맞긴 한데… 뭐랄까… 흐음. 뭐 만나보면 알겠지만 말이야. 현자라기보다는 수전노에 가까워서……. 그 영감이 돈을 워낙 밝혀야지. 으이그.”

치호는 세인의 말을 들으며 천천히 미소 지었다. 그자가 어떤 자인지 모르겠지만 그런 것은 중요하지 않다.

쥬드의 행방만 알고 있으면 되니까. 아무래도 일이 쉽게 풀릴 것 같아 예감이 좋았다.

세인과 그 후로도 이야기를 나누며 걷다 보니 어느새 거점의 입구까지 도달한 모양이었다.

세인이 손을 들어 문양을 보이자 거점 발보아처럼 못 보던 풍경이 눈앞에 펼쳐졌다.

“이곳이 거점 도시 티벨론이야. 첫 번째 필드에 비하면 장난 아니지? 응?”

세인이 자신 있게 말하는 거점 도시 티벨론의 모습을 보자 치호도 다소 놀란 표정을 지었다.

이곳 티벨론의 집들은 모두 통나무로 지어진 집들이었다. 거점 한가운데에 신전으로 보이는 것이 있는 것을 보아 기본 구조는 발보아와 같았다.

그러나 자세히 들여다 보면 어설픈 판잣집들과 비교하는 게 민망할 정도로 견고하고 세련되어 보이는 목조 주택들이었다.

아무래도 주변에 사용할 자원이 많았기 때문인 것 같았다.

"자자. 놀라는 건 혼자서 하고 이 길을 따라 쭉 가면 안내 데스크가 나올 거야. 거기서 일단 등록부터 해. 알지? 까딱 잘못하면 다시 못 들어오는 거. 뭐 내가 초소를 지키고 있긴 하지만 귀찮은 건 질색이거든. 알았지? 응?"

"알았다. 그 현자는 어디서 찾을 수 있지?"

"안내 데스크에 가서 카비아 영감에 대해서 물어봐. 그러면 위치를 알 수 있을 거야."

"음 그렇군. 고맙다."

"고맙긴 뭘. 나도 다 먹고살자고 하는 일인데. 아무튼 좋은 직업 얻길 기도해 주지. 좋은 직업 선택할 수만 있다면야 인생 펴는 거 아니겠어? 응? 아무튼 난 보상이나 받으러 가야겠군. 그럼 수고해!"

세인은 그렇게 말하고는 성큼성큼 어디론가 떠나갔다.

아마도 치호를 데려온 대가로 어디선가 보상을 받는 모양이다.

녀석이 떠나자 치호는 얼른 안내 데스크에 들러서 등록부터 했다.

발보아와 다른 문양의 패치가 오른쪽 팔뚝에 부착되었고 그것을 보자 기분이 새삼 묘해졌다.

'두 번째라… 이런 필드는 대체 몇 개나 있는 건지……'

문득 이런 필드가 몇 개나 있는 것인지, 또 한 필드에 거점은 몇 개나 있는 것인지 의문이 들었다.

그러나 그런 것들은 혼자서 고민해 봐야 풀리지 않을 것이다.

이런 고민을 할 시간에 조금이라도 움직이는 것이 낫다.

치호는 안내 데스크에서 현자가 머물고 있는 집에 대해서 안내받고 바삐 걸음을 옮겼다.

어서 쥬드를 만나고 싶다. 이놈을 털어보면 방금 궁금했던 점을 풀 만한 뭔가를 알고 있을지도 모르니까.

안내 데스크에서 알려준 대로 길을 찾아왔더니 넓은 공터에 덩그러니 한 채의 통나무집이 세워져 있었다.

꽤나 오래되어 보이는 집이었는데 여기저기 보수한 흔적이 인상적인 집이었다.

"호오."

치호는 저도 모르게 탄성이 나왔다.

일견 여타의 통나무집처럼 보였지만 아는 사람만 알아보듯 균형과 짜임이 거의 완벽에 가까운 집이었다.

치호도 한때 목수 일을 꽤 오랫동안 해봤던 경험 덕분에 일

종의 명품을 알아보는 눈이 있었기에 한눈에 알아볼 수 있었다.

역시 현자가 사는 집이라더니 뭔가 달라도 다른 모양이다. 치호는 기대를 품고 현자의 집문을 두들겼다.

『불사의 테스터』 3권에 계속…

초대형 24시 만화방

신간 100%, 샤워실, 흡연실, 수면실(침대석), 커플석, 세탁기 완비

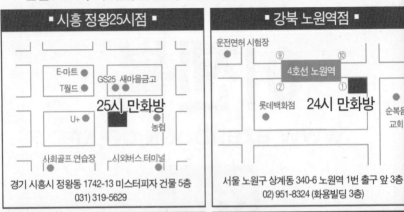

▪ 시흥 정왕25시점 ▪

E-마트
T월드
GS25 새마을금고
25시 만화방
U+
농협
사회골프 연습장
시외버스 터미널

경기 시흥시 정왕동 1742-13 미스터피자 건물 5층
031) 319-5629

▪ 강북 노원역점 ▪

운전면허 시험장
⑨ ⑩
4호선 노원역
② ①
롯데백화점   24시 만화방
순복음
교회

서울 노원구 상계동 340-6 노원역 1번 출구 앞 3층
02) 951-8324 (화용빌딩 3층)

▪ 일산 정발산역점 ▪

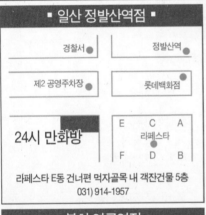

경찰서
정발산역
제2 공영주차장
롯데백화점
24시 만화방
E C A
라페스타
F D B

라페스타 E동 건너편 먹자골목 내 객잔건물 5층
031) 914-1957

▪ 일산 화정역점 ▪

덕양구청
③ ④
화정역
② ①
세이브존
롯데마트
이마트
24시 만화방 화정중앙공원 화정동 성당

경기도 고양시 덕양구 화정동 984번지 서일빌딩 7층
031) 979-4874 (서일사우나 건물 7층)

▪ 부천 역곡역점 ▪

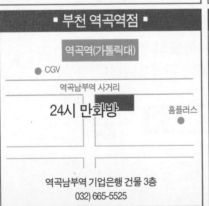

역곡역(가톨릭대)
CGV
역곡남부역 사거리
24시 만화방
홈플러스

역곡남부역 기업은행 건물 3층
032) 665-5525

▪ 부평역점 ▪

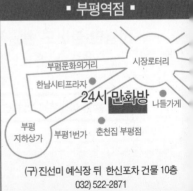

부평문화의거리
시장로터리
한남시티프라자
24시 만화방
나들가게
부평
지하상가
부평1번가
춘천집 부평점

(구) 진선미 예식장 뒤 한신포차 건물 10층
032) 522-2871

이계진입 리로디드

임경배 퓨전 판타지 소설

FUSION FANTASTIC STORY

『권왕전생』임경배의 2015년 신작!

『이계진입 리로디드』

**왕의 심장이 불타 사라질 때,
현세의 운명을 초월한 존재가 이 땅에 강림하리라!**

폭군으로부터 이세계를 구원한 지구인 소년 성시한.
부와 명예, 아름다운 연인…
해피엔딩으로 이야기는 끝인 줄 알았건만
그 대가는 지구로의 무참한 추방이었다.
그리고 10년 후…….

"내가 돌아왔다! 이 개자식들아!"

한 번 세상을 구한 영웅의 이계 '재'진입 이야기!

Book Publishing CHUNGEORAM

유행이 아닌 자유추구 -
WWW.chungeoram.com

현윤 장편소설
FUSION FANTASTIC STORY

현대무림 지존

무참히 살해당한 부모님의 복수를 위해
모든 걸 걸었다!

『현대 무림 지존』

"너희들의 머리 위에 서 있는 건 나다."

잔혹한 진실을 딛고 진정한 무인으로 거듭나는
태하의 행보를 주목하라!

Book Publishing CHUNGEORAM

유행이 아닌 자유추구 -
WWW.chungeoram.com

FUSION FANTASTIC STORY

자미소 장편소설

GRAND SLAM 그랜드슬램

2016년의 대미를 장식할 최고의 스포츠 소설!!

Career record : 984W 26L
Career titles : 95
Highest ranking : No.1(387weeks)
Grand Slam Singles results : 23W
Paralympic medal record : Singles Gold(2012, 2016)

약 십 년여를 세계 최고로 군림한 천재 테니스 선수.
경기 내내 그의 몸을 지탱하고 있는 것은…… 휠체어였다.

『그랜드슬램』

휠체어 테니스계의 신, 이영석(32).
그는 정상의 자리에서도 끝없는 갈망에 사로잡혀 있었다.

"걷고 싶다, 뛰고 싶다. …날고 싶다!!"

뛸 수 없던 천재 테니스 선수
그에게, 날개가 달렸다!!!

Book Publishing CHUNGEORAM

유행이 아닌 자유추구 -
WWW.chungeoram.com

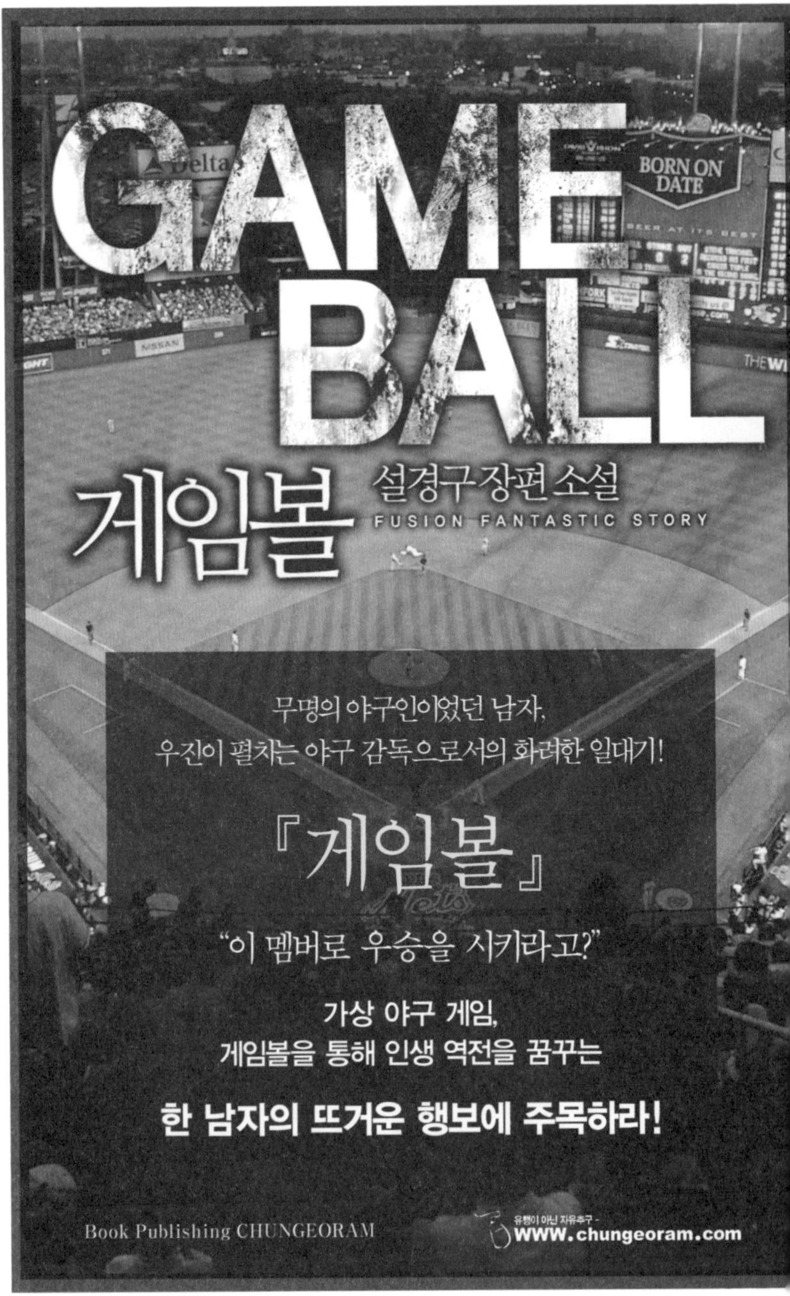
GAME BALL
게임볼
설경구 장편 소설
FUSION FANTASTIC STORY
무명의 야구인이었던 남자,
우진이 펼치는 야구 감독으로서의 화려한 일대기!
『게임볼』
"이 멤버로 우승을 시키라고?"
가상 야구 게임,
게임볼을 통해 인생 역전을 꿈꾸는
한 남자의 뜨거운 행보에 주목하라!
Book Publishing CHUNGEORAM
유행이 아닌 자유추구 -
WWW.chungeoram.com